POUR LE MEILLEUR
ET POUR LE PIRE

Hormis quelques noms changés pour respecter l'anonymat de certaines personnes, tous les faits rapportés ici sont authentiques.

7-13, boulevard Paul-Émile Victor, île de la Jatte
92521 Neuilly-sur-Seine Cedex

VILMA MEDINA-SIRVEN

POUR LE MEILLEUR ET POUR LE PIRE

Avec la collaboration de Gérald Basseporte

Michel LAFON

À mes enfants,
à Lorna et sa famille et,
bien sûr, à Alfred.

I

La déchirure

2 février 2001. Plein soleil. Malgré l'heure matinale, le ciel est déjà d'un bleu profond, à peine voilé. Là-bas, vers l'ouest, du côté de la mer de Luzon, quelques nuages s'étirent poussés par un vent de sud-sud-ouest. Je les suis un moment du regard en achevant de me préparer. La journée s'annonce magnifique. Ici, aux Philippines, c'est le début de l'été – *Tag-init* ou *Tag-araw* comme on dit dans ma langue maternelle, le tagalog. Encore un jour de gagné sur une issue inéluctable à laquelle je m'efforce de ne pas penser.

Depuis bientôt deux ans j'ai pris l'habitude de vivre au jour le jour sans songer au lendemain. Je fais – nous faisons, Alfred Sirven et moi –, comme si nous étions un couple « normal » de retraités ou de vacanciers, comme si ce temps suspendu devait ne jamais connaître de fin. Et pourtant...

Je vais bientôt le découvrir : aujourd'hui c'est le dernier sursis de liberté pour celui que les médias disent être un des hommes les plus recherchés du moment. En fait il reste une poignée d'heures à courir. Je l'ignore encore. Tout le monde l'ignore. Même les policiers au siège du NBI[1], à Manille – le FBI philippin –, qui depuis des mois mènent avec leurs homologues français la traque du numéro deux de « l'affaire Elf », l'ignorent. Pourtant, quelque part dans un mystérieux invisible, le compte à rebours a commencé. Un sablier vient d'être retourné. La main du destin ou le bout du chemin... Peu importe le nom qu'on lui donne. Il est impossible de revenir en arrière.

Ce matin, Leo m'emmène à l'aéroport international de Manille où je dois récupérer Roberto, notre précédent chauffeur, le meilleur ami de Rafael, mon fils aîné. Roberto a vingt-quatre ans et Leo vingt-sept. Par amitié, par affection pour mes enfants, pour ma famille, mais également pour Alfred Sirven qui les a séduits par sa gentillesse et sa courtoisie jamais prises en défaut, ces deux jeunes gens ont accepté, malgré les risques encourus, de nous servir tour à tour de chauffeurs. Je ne les remercierai jamais assez pour leur dévouement souriant. Roberto m'a appelé voici cinq jours pour m'annoncer son retour. Durant ses vacances à Macao il a rencontré une jeune fille philippine et il rentre au pays pour l'épouser. Je suis

1. National Bureau of Investigation.

heureuse pour lui. Son avion est attendu à 9 heures. Il est temps de partir.

On se lève tôt, aux Philippines. Irène, la jeune fille de compagnie – j'allais dire la dame de compagnie, mais elle n'a que vingt ans –, s'affaire dans la cuisine. Tiny, la chienne de la maison, court dans mes jambes en remuant la queue et en quêtant des caresses ; Mimy, la chatte, paresse, les yeux mi-clos, dans une flaque de soleil. L'atmosphère est légère. Tout semble paisible. D'où me vient alors ce soudain sentiment d'oppression ?

– OK, *darling*, J'y vais ! dis-je en me tournant vers Alfred.

Il me regarde vérifier le contenu de mon sac, sourit et m'adresse un geste de la main.

Sans savoir au juste pourquoi, j'ajoute rapidement :

– Fais attention à l'argent qui est dans la maison. Nous n'avons plus rien d'autre et puis c'est toi qui as mon passeport... Pense à le mettre en sûreté.

Il acquiesce d'un signe de tête.

– Fais attention à toi aussi.

Il est 7 h 30 lorsque la voiture quitte Tagaytay, la ville où nous résidons depuis octobre dernier. Tagaytay est située à côté du volcan Taal, à une altitude de huit cents mètres, ce qui lui donne un climat agréable. Le volcan occupe le centre d'un grand lac entouré de sommets montagneux qui baignent dans le brouillard d'octobre à janvier. Bien qu'une soixantaine de kilomètres à peine nous séparent de la capitale, un vendredi comme aujourd'hui nous pouvons mettre deux heures pour atteindre l'aéroport. Je m'y suis préparée et j'évite de penser. La plupart du temps, je reporte mon attention sur la route comme si je conduisais moi-même. Le trafic est intense. À la faveur des ralentissements, je parcours du regard le paysage familier sans prêter vraiment attention à mes repères habituels. Bien malgré moi je sens monter cette angoisse diffuse qui m'assaille de plus en plus souvent depuis le jour où j'ai été suivie pour la première fois dans Manille. Une moto était soudain apparue derrière la Toyota et ne nous lâchait plus. C'était il y a quatre mois, le 6 octobre. Roberto avait fini par la semer. Seulement notre suiveur ne s'était pas trouvé là par hasard. Cette filature aussi soudaine qu'apparente n'était pas de bon augure. Nous allions, hélas, le vérifier rapidement.

Depuis cette alerte et les événements qui suivirent – j'y reviendrai –, je le reconnais : j'ai peur. Pas pour moi. Pour lui. Pour l'homme que j'aime. Peur que nous soyons séparés. Peur de ne plus le voir. Peur de le perdre. Je fais en sorte de le lui cacher – et je crois suffisamment me contrôler pour ne pas montrer trop d'inquiétude au quotidien –, mais lorsque je suis seule, ce sentiment jusqu'alors inconnu s'empare de moi avec la soudaineté d'un accès de fièvre.

Je partage la vie d'Alfred Sirven depuis un peu plus de cinq ans, et en ce début d'année 2001 cela fait trois ans et demi que, par la force des choses, nous vivons complètement dans mon pays. Ce matin, pour la première fois, en me réveillant à l'aube je l'ai regardé dormir un instant avant de quitter mon lit pour aller l'embrasser dans le sien, et me glisser auprès de lui. Jusqu'à présent nous avons toujours partagé nos moments d'intimité le soir, mais en cédant à mon impulsion au petit jour de ce 2 février, je ne me suis pas posé de question. Pressentiment ? Peut-être. Je n'en sais rien.

Je préfère évoquer les images de bonheur tranquille, celles – nombreuses – des moments de complicité et de tendresse que nous avons la chance de partager. Par nature je n'aspire qu'au bonheur ; si ma vie a été bien souvent très difficile, rien n'a jamais pu me détourner de ce rêve devenu réalité. Je ne veux pas qu'on le brise.

Tout en restant attentif à sa conduite, Leo plaisante au sujet de Roberto. Nous rions tous deux à l'idée qu'il lui a fallu aller jusqu'en République populaire de Chine pour trouver une jeune fille de Manille à son goût... Ce retour anticipé va aussi permettre à Leo de prendre quelques jours de repos auxquels il ne croyait plus. Roberto est d'accord pour le remplacer. Bienvenue au pays !

Après une heure de trajet, nous rejoignons la *Major Highway* à Santa Rosa. Sur l'autoroute la circulation est lente mais assez régulière en direction de Manille. Nous devrions être là-bas au plus tard à 9 heures et demie.

À 9 h 10, mon portable posé sur le tableau de bord bourdonne discrètement. C'est Roberto. Il confirme son arrivée d'une voix enjouée. L'avion s'est posé, les passagers sont en train de quitter l'appareil. Le temps pour lui de passer par l'immigration, d'attendre ses bagages, et nous serons là pour l'accueillir. Je lui confirme notre arrivée. La synchronisation est presque parfaite. Je me détends.

Dix minutes plus tard Roberto me rappelle. Sa voix est changée, le ton bref, presque impersonnel.

– Mam', il y a deux hommes qui me suivent. Peut-être la police. Il ne faut pas que tu viennes !

La communication est coupée sans me laisser le temps de dire un mot. Les battements de mon cœur s'accélèrent. Qu'est-ce que cela signifie ?

Je répète à Leo ce que je viens d'entendre. Nous sommes pratiquement arrivés. Je décide de mettre la voiture au parking. Il y a beaucoup de monde. À Manille, contrairement à ce qui se passe en Europe, l'accueil des passagers se fait à l'extérieur de l'aéroport. Je devrais donc pouvoir me mêler à la foule sans trop de risques. Nous repérons une place au milieu d'autres véhicules. Aussitôt la voiture garée, j'appelle Roberto sur son portable. Je veux en avoir le cœur net. En vain : je n'obtiens pas de réponse.

Malgré la tension du moment, il faut attendre, laisser à notre ami une chance de se manifester. On ne peut pas partir comme ça. Leo estime que nous devrions rentrer directement à Tagaytay, mais il s'en remet à moi et ne montre aucune impatience. Je serais tentée de faire demi-tour également, mais au fond de moi je sens qu'il ne le faut pas. L'impression est confuse mais forte : je dois rester à Manille. Il est 10 heures à ma montre lorsque je décide de transiger.

– Nous allons à Makati ! Si Roberto a un problème, il peut toujours nous appeler quand ce sera réglé et nous serons de retour dans le quart d'heure.

Makati est le quartier d'affaires et de commerce de Manille. Bien entendu, je n'ai aucune envie de faire du shopping, mais là-bas nous pourrons circuler normalement à pied comme en voiture sans attirer particulièrement l'attention. Leo se coule rapidement dans la circulation tout en gardant un œil sur ses rétroviseurs.

Je m'accroche à l'idée qu'il existe un certain nombre de raisons valables susceptibles d'expliquer le silence de Roberto. Il est vraisemblablement bloqué en ce moment à l'immigration pour des formalités administratives, un papier lui fait peut-être défaut, à moins que ses bagages n'aient pas suivi, qu'il ait perdu ou qu'on lui ait dérobé son portable... Ces choses-là n'arrivent pas uniquement aux autres.

Il est 10 h 30 lorsque j'appelle brièvement Alfred.

– *Darling !* Fais attention. Je n'ai pas trouvé Roberto. Il est bien arrivé, il m'a téléphoné en débarquant. Depuis je n'ai plus de nouvelles. J'attends pour voir venir.

Je coupe la communication. Inutile d'en dire davantage avant de savoir quelque chose de précis.

Mais quoi faire ? Je me dis soudain que Roberto a peut-être été arrêté. Je tente de chasser cette idée en m'efforçant de prêter attention aux vitrines mais sans y parvenir vraiment. Finalement l'animation des rues autour de *Legaspi car park*, entre *Dela Rosa* et *Amorsolo,* m'aide à conserver un calme extérieur. Je voudrais retourner à Tagaytay, mais je ne peux toujours pas m'y résoudre. Tout en moi s'y oppose. Je suis une personne d'instinct, je me fie souvent à mes impressions, si vagues soient-elles.

Midi. Toujours aucune nouvelle. Cette fois c'est certain, il est arrivé quelque chose. Et si Roberto a été effectivement arrêté, qu'est-ce que cela signifie ? Quelles en seront les conséquences ? Pour la deuxième fois j'appelle la maison.

– Je suis de plus en plus inquiète. Je n'ai toujours aucune nouvelle de Roberto. Ce n'est pas normal. Je ne sais pas ce qui a pu se produire... Je reste quand même à Manille à tout hasard. Sois prudent !

Entendre Alfred me fait du bien. Le timbre de sa voix, plus encore que ses paroles apaisantes, me rassure. Finalement je décide de rendre visite à mon amie Anna, la mère de la *girl-friend* de mon fils cadet, Wilnard. Parler un moment avec elle m'aidera à supporter l'attente. Seulement lorsque je sonne à sa porte, vers 14 heures, je n'obtiens aucune réponse. La rue est tranquille. Je décide d'attendre un moment dans la voiture. Passer le temps ici ou là ne fait pas beaucoup de différence... Avec Leo, nous gardons le silence. Je me surprends à guetter du coin de l'œil mon portable obstinément muet.

Anna arrive trente minutes plus tard, au moment où je m'apprête à donner le signal du départ. Je me précipite à sa rencontre et nous passons chez elle la demi-heure suivante à bavarder. Parler me fait du bien, même si je n'aborde pas le sujet véritable de mes préoccupations. Après tout, mes craintes sont sans doute ridicules. À force de vivre en marge, on finit par devenir paranoïaque. Ce soir, avec Roberto, nous rirons ensemble de mes inquiétudes. C'est du moins ce dont j'essaie de me convaincre.

Nous quittons Anna et laissons couler le temps au gré des feux rouges et des rues grouillantes. Où est le Manille paisible de mon enfance ? Que de changements ! Nous roulons au hasard dans la capitale encore un bon moment...

Vers 16 heures, je décide cette fois d'abandonner la partie. Les dés sont jetés, Roberto n'appellera plus. Leo met le cap sur Tagaytay.

Peu après la sortie de Manille, nous nous arrêtons à la station Shell de Magellanes pour faire le plein. Je ne sais pas combien de kilomètres nous avons parcourus pendant toutes ces heures, mais le réservoir est presque à sec. Il est 16 h 45 et Leo me fait remarquer que j'ai oublié de déjeuner. Je n'ai pas faim, tellement j'ai l'estomac noué. Seulement soif.

Je suis en train de boire un Coca-Cola glacé à petites gorgées lorsque le *buzzer* de mon portable me sort de la demi-torpeur où la tension nerveuse accumulée depuis le matin est en train de me plonger. Roberto, enfin ! Mais c'est la voix familière d'Alfred qui résonne à mon oreille :

– Vilma, je suis foutu ! Ils m'ont attrapé... Je suis avec les gens du NBI et les policiers français. Je vais partir avec eux...

Mon cœur se glace. J'arrête de respirer. Je ne pense qu'à une chose : le voir à tout prix !

– Je peux aller avec toi ?

– Oui. Rejoins-moi là-bas.

La communication est coupée. Il me faut une seconde pour réaliser ce que je viens d'entendre. Il est 17 heures et le monde s'écroule. J'ai la nausée. Je tremble comme une feuille. J'éclate en sanglots. Leo se précipite vers moi. Je suis en état de choc. Quand j'ai réussi à me ressaisir suffisamment, je lui explique que nous retournons à Manille pour nous rendre au siège du NBI.

Nous sommes presque arrivés à Makati lorsqu'un numéro que je ne connais pas s'affiche sur l'écran de mon téléphone. C'est Alfred qui m'appelle sur le portable de James Tosoc, l'officier du bureau d'investigations chargé de l'enquête. J'apprendrai par la suite que le portable de mon compagnon n'était plus en service : il avait avalé la puce de l'appareil juste avant d'être arrêté.

– *Darling*, on va m'emmener en avion, me dit-il d'un ton normal, il faut que tu passes à la maison prendre de l'argent parce que je n'ai rien sur moi. Tu me retrouveras à l'aéroport.

Nous faisons demi-tour une nouvelle fois. La nuit est presque complètement tombée. Tout en roulant j'appelle mon avocat à Manille. Les péripéties que nous venons déjà de vivre, Alfred Sirven et moi, ont fait que mon compagnon m'a incitée à prendre, sinon un défenseur, du moins un conseiller. Et, dans le cas présent, je n'ai pas du tout l'intention d'arriver seule à la maison, encore moins de me rendre sans protection au siège du NBI, ou même à l'aéroport. Je lui résume la situation en quelques mots. Il partage mon point de vue et sans perdre de temps me donne rendez-vous en chemin sur l'autoroute à la station d'essence d'Alabang, quelques kilomètres avant Santa Rosa. La jonction s'opère un quart d'heure plus tard. Mon avocat laisse sa voiture sur l'aire de stationnement et prend place dans notre véhicule.

En cours de route, je tente vainement de joindre Irène pour la prévenir de notre arrivée. Apparemment tous les portables de la maison ont été pris. Il n'y a plus moyen de communiquer.

Quarante minutes plus tard nous stoppons *Barrio Niogan,* devant la maison. Il fait nuit noire. Le silence est impressionnant, aucune lumière n'est allumée. Rien ne bouge. La vie semble avoir déserté les lieux. J'éprouve un malaise qui se dissipe en partie lorsque Tiny, sentant ma présence, se met à aboyer joyeusement. La porte s'entrouvre. Je perçois les sanglots d'Irène avant de la voir sortir de l'ombre, la chatte sur ses pas. J'allume la lumière, puis toutes les lampes de la maison les unes après les autres. Irène a les yeux tellement gonflés et rougis à force d'avoir pleuré qu'elle en est presque défigurée. Je la prends dans mes bras pour la réconforter. Encore sous le coup de l'émotion elle m'avoue, à mots hachés, être restée ainsi dans le noir de peur que la police ne revienne, et aussi parce que la lumière lui faisait trop mal aux yeux. Elle ne réussit pas à s'empêcher de trembler en me tendant mon passeport. Alfred Sirven le lui a confié juste après mon départ, ce matin même. Je regarde lentement autour de moi. Le passage de la police a laissé des traces !

Avec l'avocat, je constate rapidement que tous les papiers d'Alfred, les documents, le contenu de son attaché-case ont été emportés ainsi qu'une partie de ses affaires personnelles. La lettre de reddition qu'il avait préparée et son carnet d'adresses figureront d'ailleurs en bonne place dans *Paris Match* dans quelques semaines...

Tandis que je me précipite dans la chambre, Irène entreprend de me raconter l'incursion en force de la cinquantaine de policiers qui d'un seul coup ont envahi la maison, l'arme au poing, vers 16 heures, puis la perquisition systématique des lieux qui a suivi – je connaîtrai les détails plus tard. On n'aurait pas fait mieux pour la capture d'un forcené !

Soudain je blêmis : l'argent a disparu ! Ce matin il y avait encore soixante-dix mille dollars et deux millions de pesos (l'équivalent de quarante-quatre mille cinq cents dollars) en liquide dans cette pièce. Alfred m'avait demandé en décembre dernier de répartir ce qui resterait de cette somme entre mes enfants au moment de sa reddition. Il avait eu en effet l'intention de se rendre... jusqu'au jour où Grace, ma fille aînée, a été agressée – je reviendrai sur cette barbouzerie minable.

Sous le lit, je retrouve exactement cinq cents pesos, l'équivalent de sept euros ! J'ai beau compter et recompter machinalement les vingt-cinq malheureuses coupures de vingt pesos, cela ne change rien à la réalité. Bien entendu l'argent dérobé ne figurera dans aucun procès-verbal. Personne ne l'a vu. Il n'a jamais existé. Je suis malade de rage et, en même temps, j'ai honte pour mon pays.

J'appelle le policier du NBI sur son portable pour obtenir Alfred. Le sang-froid de l'homme de ma vie m'étonnera toujours. Ses premières paroles sont pour me consoler et me rassurer. Pas un mot plus haut que l'autre.

– OK, chérie. Viens à l'aéroport, je te verrai là-bas, me dit-il avant de couper.

Nous nous apprêtons à repartir lorsque je reçois un appel de la police. Mon interlocuteur ne se nomme pas – ce doit pourtant être James Tosoc –, mais il m'invite à passer au bureau du NBI où, paraît-il, Sirven m'attend. Je réplique que je me rends directement à l'aéroport. Cette insistance me met mal à l'aise. Elle ne plaît pas non plus à mon avocat. En me rendant au siège de la police, j'ai toutes les chances de tomber entre les mains des journalistes qui assiègent déjà les locaux du NBI. Il n'est pas question qu'à travers moi on puisse porter préjudice à Alfred. Quoi qu'il en soit, j'agirai comme Alfred me le demandera. Il faut donc que je réussisse à le joindre une fois encore. De ce côté, la chance est avec moi. Si invraisemblable que cela paraisse vu d'Europe où l'on ne communique pas à son gré avec une personne placée en détention, et bien qu'Alfred soit avec les policiers français, on me le passe au bout de quelques secondes d'attente.

– Non, me dit-il après m'avoir écoutée. Tu ne vas surtout pas au NBI, et tu ne viens pas non plus à l'aéroport...

– Quand vais-je te voir ?

– Dès que possible. Je te le ferai savoir. C'est promis. Ne t'inquiète pas... Vilma, j'ai vécu quelque chose de bien avec toi ! Rien n'est changé. Ne t'inquiète pas !

Pudiquement, à voix basse, nous échangeons quelques mots d'amour.

C'est terminé.

« Dès que possible... » Je m'accroche à cette promesse comme à une bouée. L'attente sera longue. Je ne reverrai Alfred Sirven, mon compagnon, l'homme de ma vie, que le 17 octobre 2003, neuf cent quatre-vingt-huit jours plus tard, dans le parloir de la prison de la Santé, à Paris.

*
**

Les heures qui suivent ce dernier appel sont chaotiques et en partie incohérentes pour moi. Je n'ai plus qu'une idée en tête : fuir cet endroit et retrouver mes enfants. Je suis en train de sombrer et j'ai besoin de la chaleur d'un foyer pour reprendre pied. Je ne pense pas à demain, je ne pense pas à l'avenir. Pour deux heures, peut-être trois – j'ignore l'horaire de son avion –, Alfred est encore à Manille, c'est-à-dire sur la même terre, du même côté du monde que moi. Je dois profiter de ce répit, de ce lien fragile, pour gagner le refuge de ma maison. Ensuite...

J'appelle Oddeth, ma fille cadette, pour lui demander de me rejoindre dès qu'elle pourra avec sa famille, chez moi, à Manille, dans ma maison du quartier de *South Triangle*, près du centre médical du Capitole ; qu'elle téléphone à son frère Rafael, et qu'ils soient tous ensemble avec mes petits-enfants lorsque j'arriverai. J'ai besoin d'eux, de leur présence, de leur vie, de leur amour.

Je rassemble au hasard mes affaires éparses, mises sens dessus dessous par la fouille brutale de ce qui, ce matin encore, était notre chambre. Je ne prends même plus la peine d'essuyer les larmes qui coulent sur mon visage ou sur mes vêtements. Même si nous la savions tous inévitable, cette arrestation est pour moi une tragédie. Une seule chose la différencie d'un de ces terribles accidents qui déchirent les êtres humains comme je suis moi-même déchirée en ce moment : Alfred Sirven est vivant !

Irène va venir avec nous. Je ne peux pas la laisser seule dans ce capharnaüm déshumanisé. Elle reviendra débarrasser plus tard et boucler la maison. C'est fini. Je ne retournerai plus jamais ici.

À peine la portière de la voiture ouverte, la chienne saute à l'arrière comme pour fuir cet endroit. La chatte demeure introuvable. Elle était là tout le temps où je suis restée dans la maison, mais nous avons beau chercher partout et appeler, elle a disparu. Nous lui laissons de la nourriture et de l'eau fraîche à l'endroit habituel. Irène repassera demain pour la récupérer.

Le fidèle Leo reprend la route sans protester. De temps à autre il essuie d'un geste furtif ses yeux pleins de larmes. Personne ne parle. Seul le bruit feutré du moteur emplit l'habitacle. La fatigue me rattrape. Au bout d'un moment je me sens comme anesthésiée. Nous pourrions rouler sans nous arrêter dans une nuit sans fin, je ne m'en apercevrais pas. En cours de chemin nous déposons mon avocat à la station-service d'Alabang où il récupère son véhicule. Nous atteignons Manille peu avant 22 heures.

En arrivant dans ma rue, je suis heureuse de voir les lumières de ma maison allumées. Peu après, je retrouve Oddeth et son mari, Rafael et sa femme sont là, devant la télévision, avec les quatre enfants – deux pour chaque couple. Toutes les chaînes ont montré et commenté en détail, au fil des heures, l'arrestation de l'ex-numéro deux d'Elf Aquitaine.

Malgré l'heure tardive, que ce soit sur CNN, la BBC, TF1, la 2, la 5, la 6, le réseau local ou même la télévision australienne, sur toutes les télévisions du monde que l'on reçoit si bien aux Philippines, je tombe indéfiniment sur les mêmes images d'Alfred Sirven, heureusement sans menottes, toujours vêtu d'une de ses chemises bleues à carreaux qu'il affectionne tant. Je le vois égal à lui-même, calme, souriant, répondant aux journalistes auxquels il se présente comme un « vieux soldat »... On le montre au siège de la police, au ministère de la Justice, à l'aéroport envahi par la presse, les photographes et les cameramen. Si les Philippines avaient emporté la coupe du monde de basket-ball (le sport national), il n'y aurait pas plus d'effervescence ! La confusion régnante entretient ce climat. Le vol Manille-Paris a été manqué pour d'obscures raisons. Les policiers français embarquent finalement avec leur prisonnier sur un appareil de la Lufthansa, à destination de Francfort. J'apprendrai demain – toujours par les chaînes étrangères – la raison de ce cafouillage insolite.

Au gré du câble et des liaisons satellite nous allons vivre et revivre indéfiniment tout au long de la nuit ces mêmes images que les télévisions ne peuvent s'empêcher de passer en boucle. Si j'avais été présente au moment de l'arrestation, je ne regarderais certainement pas ces séquences. Mais avec ce qu'il m'a été donné de vivre loin d'Alfred, aujourd'hui, elles sont pour moi l'occasion de le voir encore.

Nous sommes tous là, en larmes, les yeux rivés sur l'écran, oubliant de manger, de boire et même de dormir. Leo et Irène sanglotent comme des enfants qui ont perdu un parent. Au fond, c'est exactement ça. Nous sommes en deuil. D'ailleurs tous ceux qui ont rencontré Alfred Sirven, ici, aux Philippines, me diront plus tard : « En apprenant la nouvelle nous avons pleuré comme si nous perdions un ami ! »

*
**

Roberto a été relâché peu après minuit. Il nous a fait téléphoner. Bouleversé et encore sous le choc de sa propre arrestation comme des conséquences de celle-ci, il a rejoint directement le domicile de sa fiancée. Par son intermédiaire, nous allons enfin avoir des informations et un éclairage sur ce qui s'est réellement passé.

Deux policiers en civil l'attendaient en effet à sa descente d'avion. Roberto et ses parents étaient sous surveillance – ce que nous savions – depuis le mois d'octobre dernier. Il avait été identifié comme un proche de ma famille et, à ce titre, était donc susceptible de conduire à Alfred Sirven. Du jour de son départ pour Macao – il venait de le découvrir –, la police avait surveillé les listes de passagers de tous les vols en provenance du sud de la Chine. L'erreur avait été de penser que, le départ s'étant passé sans problème, il en irait de même pour le retour.

Lorsqu'il s'était rendu compte de la filature dont il était l'objet, Roberto avait eu le temps de m'alerter, puis, profitant de la foule, de passer son portable ainsi qu'un bagage à main à un ami avec lequel il voyageait. Quelques instants plus tard, il était interpellé par l'immigration et conduit au siège du NBI. James Tosoc, pressé de toutes parts d'aboutir, lui avait tout de suite mis en main un marché très simple : ou bien il donnait l'adresse du refuge d'Alfred Sirven et il était remis en liberté, ou bien il allait en prison, il disait adieu à son mariage et ne reverrait jamais ses parents...

L'alternative proposée par l'inspecteur avait d'autant mieux porté ses fruits que Roberto avait eu vent de l'intention d'Alfred de mettre fin à sa cavale en se rendant aux autorités françaises par le biais du ministère de la Justice philippin. Il se disait que c'était une question de semaines – de jours peut-être –, aussi finit-il par céder et donner le précieux renseignement. Ensuite l'arrestation était devenue une affaire d'heures, le temps de rassembler les effectifs – une soixantaine de policiers, dont une femme – et de cadrer l'intervention. À l'instigation des Philippins, leurs deux collègues français se rendirent au ministère de la Justice afin de régler les modalités d'extradition de Sirven. Ces démarches devaient d'ailleurs les empêcher d'assister à l'arrestation et à la perquisition...

Les forces de police arrivèrent à Tagaytay vers 15 heures. Elles prirent position aux abords de la villa tandis qu'un policier escaladait le mur de la maison voisine afin de prévenir toute tentative de fuite par la porte de derrière. Roberto, qui avait été contraint de suivre dans une voiture de police, expliqua qu'Alfred Sirven n'était pas armé ; les autres occupants de la maison se résumant à une jeune fille, un chien et un chat, il était inutile d'employer les grands moyens en faisant irruption dans les lieux revolver au poing. Malgré cette recommandation, la femme policier qui se présenta à la porte dissimulait sa main armée dans la poche de sa jupe. Irène ouvrit et ce fut la ruée par les deux côtés de la maison à la fois.

Alfred Sirven n'opposa aucune résistance. La perquisition commença aussitôt. Elle était terminée lorsque les policiers français arrivèrent pour prendre en charge le prisonnier. Après consignation, on leur remit les documents saisis. Personne ne fit allusion à l'existence d'argent liquide.

La police avait alerté la presse afin d'assurer une bonne couverture médiatique à cette affaire qui défrayait la chronique internationale. Aucun journaliste n'était pourtant présent sur les lieux au moment de l'arrestation. Ils attendaient au NBI et, surtout, à l'aéroport.

*
**

Après ce que je viens de vivre, je ne sais plus très bien où j'en suis. Mais je sais ce que je suis : un bloc de souffrance et de chagrin, un bloc d'amour meurtri. Pas par l'homme que j'aime, mais par ce qu'il traverse et que je devrai partager d'une autre manière. L'absence de sommeil et de nourriture n'a rien arrangé. Je m'écroule dans mon lit...

Au matin du 3 février, l'heure est à peine décente lorsque le téléphone se met à sonner à intervalles rapprochés. Ce sont les journalistes qui ont retrouvé ma trace – aidés par qui ? – et veulent m'interviewer. Je refuse de prendre l'appareil. Pour le moment je n'ai rien à dire à un représentant de la presse quel qu'il soit. Qu'ils voient avec mon avocat ! Au bout d'une heure, c'est devenu infernal. J'appelle James Tosoc, au NBI, afin de savoir ce qu'il faut faire pour avoir la paix.

– Vous avez raison, me dit-il, il n'est pas utile que l'on vous voie avec les journalistes.

Ensuite la conversation prend un tour assez désagréable. Le policier insinue que je pourrais avoir moi aussi des ennuis parce que je ne suis pas en règle. Il paraît que je ne paye pas mes impôts, entre autres. Je comprends d'autant moins où il veut en venir que je n'ai aucune dette fiscale, et que je suis en mesure de le prouver. Je le lui dis. Peut-être prêche-t-il le faux pour savoir le vrai ? Cette façon doucereuse de chercher à faire pression sur moi me déplaît au plus haut point. Pour couper court, je n'hésite pas à lui dire clairement que s'il veut m'occasionner des ennuis avec des procédés de cette nature, je raconterai à la presse comment l'argent – et quelle somme – a disparu durant la perquisition menée par ses hommes. Nous en restons là.

Afin de me protéger des journalistes qui ont envahi Tagaytay, questionnent le voisinage à la recherche de la moindre information tandis que les photographes mitraillent la maison du *Barrio Niogan*, j'entreprends les démarches nécessaires pour changer de numéro de téléphone. Je suis dans un état second. L'envie soudaine de fuir toute cette agitation devient une obsession. Ici c'est ma maison, mais je ne suis plus en mesure d'y rester pour le moment. Au bout de quelques instants, je prends ma décision. J'appelle Marta, une amie sûre qui peut m'héberger, je rassemble à la hâte quelques affaires, je préviens mes enfants de ne pas s'inquiéter et je leur dis que je pars me reposer quelques jours sans toutefois donner davantage de précisions. Je jette mon sac à l'arrière de la voiture, je m'installe au volant et je me fonds dans la circulation. Cette fois personne ne m'accompagne. Même Leo, qui m'a remis les clés de la Toyota, ne sait pas où je vais.

Il m'a fallu presque une heure pour arriver chez Marta, dans la banlieue nord. Elle habite la deuxième maison d'une impasse qui en compte sept. Ce sont des pavillons mitoyens à un étage, séparés par leurs garages respectifs ; ils forment un ensemble dans l'esprit des cités ouvrières européennes, mais en plus confortable et adapté au mode de vie philippin, avec au rez-de-chaussée cuisine, salle à manger, salon, et à l'étage trois chambres avec salles de bains. La voiture garée est invisible de la rue comme des maisons voisines. Je suis vraiment là incognito. Je vais enfin pouvoir me laisser aller.

Marta m'accueille avec des larmes dans les yeux. Elle me conduit à ma chambre, la première des trois à l'étage. Je vais y rester enfermée deux semaines – je n'en sortirai qu'une fois –, et pratiquement coupée de tout. La femme de service de mon amie me prépare des plateaux-repas auxquels je touche à peine. Elle va me chercher dans la voiture les vêtements dont j'ai besoin au fur et à mesure. Je ne veux pas descendre et je ne la laisse pas non plus faire ma chambre.

Je vis repliée sur moi-même dans une pièce d'une quinzaine de mètres carrés aux murs et plafond blancs, une pièce qui serait ensoleillée et lumineuse si j'ouvrais les rideaux. Mais je ne souhaite pas être vue par la voisine et, pourquoi me le cacher, je suis aussi en pleine déprime.

Je reste des heures allongée sur mon lit métallique à suivre au travers du voilage la course du soleil et le jeu des ombres sur les murs et le plancher... Je n'appelle personne et je ne prends aucun appel. J'ai deux portables dont un réservé à Alfred. C'est le seul que je finis par laisser allumer.

Je fais parfois le tour de ma « cellule » monacale à pas comptés comme le ferait un prisonnier. Je regarde pour la millième fois, avec la même attention, la photo encadrée de mon amie qui orne le mur ; on la voit heureuse, avec ses enfants, sourire à l'objectif. Je souris moi-même, complice. Puis je vais du lit au mur et du mur à la petite salle de bains avec les sanitaires près de la porte. Je fais couler de l'eau, je me lave les mains, je me recouche. Tout est propre, tout est *clean*. Il n'y a pas une fissure, pas une toile d'araignée sur laquelle je puisse accrocher mon regard. Alors je lis et je relis les articles des publications qui s'entassent près de mon lit.

Marta achète pour moi tous les journaux philippins et tous les hebdomadaires français qu'elle peut trouver. J'apprends par ces derniers qu'Alfred Sirven a passé sa deuxième nuit en prison à Darmstadt, à vingt-cinq kilomètres de Francfort, en Allemagne, où il est arrivé le samedi 3 février à 6 heures. Le lendemain, une fois les formalités administratives d'extradition réglées par les autorités allemandes, un avion militaire l'a transporté en France où il s'est posé sur l'aérodrome de Villacoublay.

Si j'ai bien compris ce que j'ai lu, les policiers français ont d'abord manqué le vol direct pour Paris à cause d'un de leurs homologues philippins. Celui-ci devait les accompagner, mais au moment d'embarquer il s'est aperçu qu'il n'avait pas de visa... L'avion n'a pas attendu. Du côté français on craignait apparemment que la justice philippine n'annule l'arrêté d'expulsion. L'important devenait alors d'organiser le départ d'Alfred Sirven au plus vite pour le faire rentrer dans l'espace Schengen[1], où les autorités françaises étaient assurées de pou-

1. L'accord de Schengen a défini un espace de libre circulation des personnes qui porte son nom. Il a été signé par treize États membres de l'Union européenne, l'Allemagne, l'Autriche, la Belgique, le Danemark, l'Espagne, la Finlande, la France, la Grèce, l'Italie, le Luxembourg, les Pays-Bas, le Portugal et la Suède ; la Norvège et l'Islande, bien qu'extérieurs à l'Union européenne, sont associés à l'espace Schengen par un accord de coopération avec les pays signataires de la convention.

voir le contrôler et l'amener devant le tribunal afin de le faire comparaître dans le procès Dumas/ Deviers-Joncour qui se déroulait au même moment.

Parce que j'étais à l'affût de la moindre information concernant cet homme qui occupait toute ma vie, la lecture des journaux m'obligeait à découvrir l'affaire Elf. Entre le 3 février 2001 et le 17 octobre 2003, le premier jour où j'ai revu Alfred, j'ai lu tout ce qui – vrai ou faux – a été imprimé dans les magazines à ce sujet. Je dois avouer que toute cette affaire m'est étrangère. Je n'ai pas réussi à m'y intéresser. Je puis simplement affirmer que l'homme que j'ai connu pendant ces cinq années de vie commune n'est pas le personnage dont on parle. Et puisque néanmoins c'est lui – je dois bien l'admettre –, alors je me dis que j'ai reçu, et qu'il m'a donné, le meilleur de lui-même.

Jamais, à aucun moment, je n'ai eu le *businessman* en face de moi. Seulement l'homme. Un être attentionné, prévenant, délicat, amoureux, protecteur, doux et courtois. Ce côté est peut-être le jardin secret du personnage, mais ce n'est en aucun cas un masque ou un trompe-l'œil. C'est *aussi* lui.

Sans doute ne pouvait-il pas exercer ses responsabilités en se comportant dans les affaires comme il s'est toujours comporté avec moi. Je n'ai pas beaucoup d'expérience en ce domaine, mais d'après ce que j'ai pu voir ou entendre, dans le monde entier, aux États-Unis, en Angleterre, en Italie, en Allemagne, en France et ailleurs, on ne parle des hommes d'affaires qu'à l'occasion de leurs réussites, de leurs échecs (retentissants) ou des scandales qu'ils suscitent... Mais personne ne les connaît vraiment ni ne sait ce qu'ils font, ni comment ils opèrent – surtout pas leurs épouses ou les femmes qu'ils côtoient. Ce sont des solitaires qui se comprennent et se reconnaissent seulement entre eux et avec les politiques. Ils ne se confient pas, ils ne parlent pas. D'ailleurs, en dehors de leur univers, ils ont la latitude d'expliquer les choses comme ils l'entendent aux profanes que nous sommes tous. Comme dans un film, nous pouvons adhérer ou non à l'explication, être séduits ou choqués, mais nous sommes toujours les spectateurs d'une réalité complexe que nous n'avons pas les moyens d'appréhender.

Ceux qui sont habilités à parler de la politique pétrolière d'une nation savent que les relations entre le pétrole et le pouvoir sont entourées dans le monde entier d'un no man's land où les règles en vigueur ne sont pas forcément celles du droit. C'est une question de bon sens. Seulement il ne faut pas qu'elles transparaissent dans le domaine public. Cela fait partie des hypocrisies du monde occidental.

De jour comme de nuit, j'ai aussi beaucoup prié pour que tout cela s'éclaire. La prière m'évitait de céder complètement à des accès de désespoir qui me faisaient parfois penser au suicide. Je m'accrochais à la vie de toutes mes forces, je pensais à mes enfants et je demandais à Marie de protéger cet homme, non pour ce qu'il avait pu faire, mais pour ce qu'il était. Je lui demandais aussi de me le rendre le plus vite possible. Il n'avait pas vingt ans, et les années que nous avions à partager nous étaient sans doute comptées. Je les revendiquais.

Au bout d'une semaine, il y eut soudain un tunnel de lumière dans le chaos où je me débattais. Le portable que j'avais laissé allumé se mit à vibrer. Mon cœur fit un bond. Un homme que je ne connaissais pas m'appelait pour me dire qu'il avait un message à me transmettre de la part d'Alfred Sirven. Il m'expliqua que ce mot avait été dicté à la prison de la Santé, à mon intention, à un « ami ». Cette mystérieuse personne le lui avait ensuite remis, sachant qu'il devait faire escale à Manille au cours de son prochain voyage...

Je considérai mon messager comme un ange – et peut-être en était-ce un ? Il me dit avoir laissé une enveloppe à mon nom au *desk* de son hôtel où je pourrais passer la prendre. Je sortis de chez Marta en trombe. Au volant je devais avoir l'air d'une noyée, mais j'avais le soleil au cœur. La vie revenait dans mon corps.

Je lus et relus des dizaines, des centaines ou des milliers de fois ces quelques lignes toutes simples qui m'assuraient qu'il était toujours avec moi par la pensée et ne me laisserait jamais seule. Le message se terminait par ces mots : « Je te considère comme ma femme et je vais t'épouser. » À chaque lecture de cette phrase, je pleurais de plus belle, mais cette fois c'était de bonheur.

Le 15 février 2001, j'appris la mort brutale de mon père. Tout se mit à tourner autour de moi. Il n'avait pas supporté la pression des événements. Bouleversée, rongée par la culpabilité, je sortis de ma retraite pour me battre.

*
**

J'aurais beaucoup à dire à propos de ce qui a été écrit à mon sujet ou sur la manière dont mes déclarations ont été interprétées par la suite. Certains ont vu en moi une intrigante ou une opportuniste qui en voulait au « fric » de Sirven ; d'autres m'ont prise pour une idiote, un oiseau des îles, si ce n'est le caprice exotique d'un homme vieillissant. C'est désobligeant et c'est faux. Je n'ai ni le physique, ni la mentalité d'une aventurière, je ne suis ni stupide, ni naïve, je suis simplement nature, effroyablement sincère avec moi-même, fidèle en amour et fidèle à mon rêve d'enfance : celui d'une vraie famille soudée autour d'un homme que j'aime et qui m'aime.

Je ne sais pas si les mentalités occidentales peuvent entendre sans sourire une profession de foi comme celle que je viens de faire – car c'en est une ! Pourtant... J'ai été Cendrillon pendant des années, humiliée et traitée comme elle, et j'ai tout enduré à l'égal de millions de femmes dans le monde, mais surtout sous nos climats, afin de pouvoir élever mes enfants. Mais comme pour Cendrillon, un jour, la réalité s'est muée en conte de fées. Alfred Sirven m'a invitée à vivre un amour extraordinaire.

Ce jour-là j'ai décidé d'aller jusqu'au bout de mon rêve.

II

Une enfance solitaire

C'est un lieu commun d'avancer que les premières années de l'existence pèsent d'un poids insoupçonnable sur la destinée d'un être humain. Pour ma part, à quarante-huit ans, je découvre l'influence qu'elles ont eue sur mon comportement, en particulier sur ce désir obsessionnel remontant à l'enfance de fonder une famille unie. Je crois même pouvoir affirmer que ma vie aurait été sans aucun doute différente si, par exemple, au lieu d'être la petite dernière d'une fratrie de cinq enfants, j'étais arrivée plus tôt...

J'ai eu la chance d'avoir un père, une mère, trois frères, une sœur, mais malgré cela mon vécu est celui d'une orpheline. Ou presque. De Maria Aguilando, ma mère, je ne conserve aucun souvenir. Je la connais seulement par le biais de quelques rares photos. Je n'ai pas le son de sa voix, la douceur de sa peau, ni aucun de ses gestes en mémoire. Elle ne m'a pas caressée, elle ne m'a pas bercée, elle ne m'a pas nourrie ; elle n'en a pas eu la force, ni le temps.

Elle était déjà trop fatiguée, trop malade. Le cancer qui lui rongeait l'estomac prenait sa vie. Elle n'en avait plus assez pour moi. J'avais sept jours quand on me sépara d'elle. Elle mourut trois ans plus tard. Je n'ai jamais vu ma mère, en tout cas je ne m'en souviens pas. Avait-elle seulement eu le temps de m'aimer ?

Je n'ai pas vu non plus bien souvent mon père, Guillermo Demetrillo, mais, Dieu merci, lui vivait. Le rencontrer parfois, le connaître un peu, mettre un visage sur son nom que je portais, m'a empêchée de me sentir seule au monde. Je pouvais au moins penser à lui.

De mes frères – Nerito, Bonerlito, Bobby – et de ma sœur Elna je ne retiens vraiment que les prénoms. Je devais avoir une douzaine d'années lorsque je les ai rencontrés pour la première fois, et l'une des seules fois, dois-je dire. Mon cœur battait la chamade. J'étais emplie d'espérance, mais ils m'ont regardée comme une étrangère et traitée comme une intruse. Nous avons eu si peu de médiocres contacts que j'ignore encore les différences d'âge entre nous. Je suppose que l'aîné doit avoir huit ou dix ans de plus que moi, et que les naissances des autres se sont échelonnées de deux ans en deux ans, à peu de chose près. Je sais seulement qu'aujourd'hui deux de mes frères sont encore vivants. Que s'est-il passé ? Comment mon père a-t-il vécu ces nouvelles épreuves, lui qui n'est plus en mesure non plus de me répondre ? J'aurais tant voulu que nous soyons tous ensemble à partager la vie – notre vie – en formant une vraie famille... Pour eux, au moins, elle a existé. J'en étais exclue.

Mes grands-parents maternels m'avaient adoptée et m'entouraient d'amour. Seulement ils ne vivaient pas dans la même région que mon père, ouvrier dans une plantation à Samar, une des principales îles des Visayas, la partie médiane de l'archipel des Philippines. Coupée de mes origines parce que déracinée dès la naissance, en grandissant je vécus de plus en plus consciemment un sentiment diffus d'abandon de la part des miens : le père, la mère, les frères et sœurs. Cela, je l'ai compris bien plus tard.

Grand-père et grand-mère, qui étaient d'origine espagnole, m'adoraient et je le leur rendais bien. Malheureusement, en quelques années, ma grand-mère s'est durcie, accablée par des deuils successifs. Je devais avoir un an ou deux quand elle perdit son propre père – mon arrière-grand-père – auquel elle était très attachée ; j'en avais trois lorsque ma mère fut emportée par son cancer ; l'année de mes quatre ans, mon grand-père Federico disparut à son tour. Cette fois – une de trop pour ma grand-mère –, il se produisit un grand vide dans nos vies à toutes les deux. Pour ma part, j'allais désormais devoir grandir sans la présence masculine rassurante et protectrice dont tout enfant a besoin.

Avec la mort de maman, la famille se dispersa ; avec celle de grand-père, ma grand-mère – elle répondait au joli prénom de Teofista – coupa pratiquement tous les ponts avec la parentèle et les quelques amis : elle ne voulait plus parler à personne. La résignation et le sens du devoir semblaient avoir pris chez elle le pas sur la joie de vivre, même si elle s'astreignait à me donner le change.

Les difficultés matérielles ne tardèrent pas à survenir. Pour y faire face et assumer de surcroît la charge de mon éducation, grand-mère vendit tous ses biens et nous partîmes vivre à Manille où elle trouva rapidement une place de cuisinière.

Nous habitions à la Guadalupe, dans le secteur militaire du quartier des affaires de Makati, un petit bungalow appartenant à la sœur de mon père. Ma tante était mariée avec un officier de l'armée et, tant qu'elle demeura à Manille, nous eûmes la jouissance de cette maison simple mais confortable qu'elle nous louait. Je revois encore la pièce de séjour, la chambre que nous partagions, la cuisine et le jardinet où j'aimais m'amuser.

Je suis allée à l'école primaire dès l'âge de six ans, bien qu'aux Philippines l'instruction ne soit obligatoire qu'à partir de la septième année. J'abordais cette expérience nouvelle avec plus de curiosité que d'appréhension. Je fus très vite séduite. L'apprentissage de la lecture et de l'écriture m'enchantait. Je rentrais joyeuse de mes journées de classe et de jeux.

Parce que j'éprouvais le besoin de communiquer, j'allais sans réticence vers les autres ; je m'intégrais facilement mais, en même temps, je ne me liais pas. Je me sentais différente – sinon « anormale » – en raison du sentiment d'abandon et de cette solitude secrète qui m'affligeaient. Je craignais de laisser transparaître ce genre de sentiment. Je n'aurais pas su – et sans doute pas pu – expliquer ce que je vivais, aussi me contentais-je d'avoir des copains et des copines de mon âge, mais pas d'amis. Encore moins une amie intime ou une confidente, que les autres fillettes semblaient rechercher d'instinct.

J'allais également à l'église et, comme l'immense majorité des Philippins, je reçus une instruction religieuse catholique. Mais au lieu de suivre l'enseignement de l'Église catholique romaine, je fus éduquée spirituellement par l'Église du Christ *(Iglesia ni Cristo)*, une « secte » dans la mouvance christique – mais sans la connotation péjorative européenne donnée à ce mot aujourd'hui. Je m'y rendais les jeudis, dimanches et jours de fête.

En toute chose, grand-mère s'occupait bien de moi. Je ne manquais de rien, bien qu'elle eût très peu d'argent. Seulement, nous ne pouvions aller nulle part. Les vacances se passaient à la maison. Il n'y avait pas d'école à ce moment-là, voilà tout.

Comme tous les petits Philippins, j'adorais aller à la plage, jouer au sable, me baigner. Ici, la mer n'est jamais loin. On peut en profiter toute l'année. L'eau est chaude, translucide, et la température ambiante ne descend jamais au-dessous de 26 °C, même en hiver. Tant qu'elle demeura à Manille, ma tante m'emmena me baigner chaque semaine à Cavite, une station agréable située à une trentaine de kilomètres au sud. Lorsque la mutation de son mari l'obligea à déménager, grand-mère prit le relais, mais seulement une fois par mois. Elle ne pouvait faire davantage.

Parfois aussi, pour mon plus grand plaisir, on me faisait faire une course dans la ville en *jeepney*, une de ces drôles de voitures bariolées aux couleurs du carnaval qui quadrillent pratiquement tout Manille. La destination est peinte artistement sur les ailes ou sur les flancs du véhicule. Ces *jeepney* ressemblent – en plus gros – aux célèbres jeeps américaines de la Seconde Guerre mondiale. Tous les enfants en raffolent, d'autant qu'elles restent le moyen de transport le plus populaire et le moins onéreux de la ville.

Faute de pouvoir acheter des cadeaux, grand-mère m'avait confectionné des poupées de chiffons que j'affectionnais particulièrement. Je l'avais vue dessiner le modèle, découper le tissu puis coudre avec tendresse jusqu'à ce que sa création prenne forme et vie sous ses doigts. Je voulais la poupée avant même qu'elle soit terminée. Le dernier point noué, je m'en emparais et disparaissais en la serrant sur mon cœur.

Comme beaucoup d'enfants, je savais m'occuper seule. J'étais capable de passer des heures à inventer des histoires pour mes poupées. J'imaginais tout un univers que je m'efforçais de recréer dans le plus grand désordre. Seulement, lorsque j'étais fatiguée de jouer, j'oubliais souvent de ranger, ce qui n'était pas du goût de ma grand-mère. Elle aimait l'ordre et les choses bien faites. Je tiens assurément d'elle aujourd'hui mais, à l'époque, j'étais à la découverte du monde comme de moi-même. Je cherchais à m'affirmer, manifestant mon indépendance toute neuve – et bien relative – d'écolière, par des petites rébellions sans conséquence qui faisaient sourire Teofista. Mais question rangement, elle ne me cédait rien. Comme je ne l'écoutais pas, elle prit l'habitude, en cas de désordre, de m'envoyer chercher de l'eau ou bien faire une course et, à mon retour, il n'y avait plus rien. Mes jouets avaient disparu. Elle les avait si bien « rangés », c'est-à-dire cachés, que je mettais longtemps avant de les retrouver...

Ce système d'éducation finit par porter ses fruits, mais il eut une conséquence inattendue : je commençai bientôt à adopter les jeux des garçons. En quelques semaines de pratique je devins experte aux capsules, à l'élastique comme au lancer de cartes, et j'avais ma place dans toutes les confrontations.

Par exemple, avec les capsules de bière, de Coca-Cola ou d'autres sodas, on s'amuse à peu près comme avec des billes. Elles sont moins belles, ne roulent pas, mais il est facile de s'en procurer par terre, et elles ne coûtent rien. Les jeux d'élastiques et le lancer de cartes, eux, n'ont sans doute pas d'équivalent en Europe. En ce qui concerne les élastiques, après avoir fait des nœuds – ni trop serrés, ni trop lâches – pour les relier entre eux, il s'agit de les faire sauter au sol selon une règle assez compliquée. Si l'un d'eux se détache, l'adversaire a gagné. Quant aux cartes, lorsqu'on ne les utilise pas pour un jeu proche de celui de la bataille, on les pince entre le pouce et l'index pour les lancer, le but étant de les faire voler le plus loin possible. Et si l'on n'a pas d'argent pour acheter des cartes, on en fabrique avec du papier kraft...

Il existe bien d'autres jeux, comme un ersatz de base-ball qu'on pratique avec une boîte de conserve et une chaussure. Il y a aussi l'engouement pour toutes sortes de collections, telle celle des emballages de cigarettes ou des étiquettes. L'imagination des enfants est sans limite, surtout chez les plus pauvres, habitués à donner un rôle dans leurs amusements à n'importe quel objet de rebut.

Les années passèrent... Après le départ de ma tante, nous étions allés nous installer dans un appartement à Quezon City, au nord-est de la grande agglomération. C'était depuis 1950 – et elle le resta jusqu'en 1976 – la capitale des Philippines. Les Européens ignorent en général que cet ancien faubourg résidentiel de Manille avait été choisi en 1948 comme site de la future capitale et nommé ainsi en hommage au premier président du pays, Manuel Quezon.

Je grandissais sans problème particulier dans ce nouvel environnement plus citadin, plus industriel aussi, qui allait devenir en quelques années le siège des principaux campus universitaires des Philippines, à la mode américaine. J'étais douée d'une bonne santé et mes résultats scolaires se montraient satisfaisants. Au programme, nous avions des cours de chant et de danse, danse moderne et danse traditionnelle. J'adorais ça, et lorsque nous préparions des fêtes pour l'école ou à l'occasion du carnaval, j'étais toujours de la partie. J'aimais aider à coudre mon costume, me déguiser et, bien entendu, chanter et danser.

À la maison, grand-mère m'enseignait tout ce qu'une future maîtresse de maison doit savoir faire : la cuisine, la couture, la lessive, le ménage, tenir un intérieur, soigner les maux et même effectuer les petites réparations domestiques. Je devenais de plus en plus adulte et responsable, ce qui est souvent le cas des filles lorsqu'il n'y a pas d'homme à la maison.

La décision de poursuivre mes études et d'entrer au lycée demanda des sacrifices supplémentaires car, aux Philippines, à partir du deuxième cycle, l'enseignement devient payant. À cause de cela, plus de la moitié des élèves arrête la scolarité à la fin des six années d'école primaire. J'avais treize ans, je faisais partie des privilégiés.

Il m'arrivait d'être invitée de temps à autre chez tel ou telle de mes camarades de classe, à l'occasion d'une fête ou d'un anniversaire. C'étaient en général des foyers avec trois ou quatre enfants – voire des familles nombreuses –, qui représentent bien la cellule de base de la société philippine. J'aimais beaucoup me retrouver dans ces ambiances où je participais à tout et m'amusais beaucoup, mais de retour à la maison la tristesse s'emparait de moi. Plus d'une fois, je me suis endormie en pleurant.

J'aimais ma grand-mère plus que tout au monde mais la blessure causée par l'arrachement à mon cercle de famille ne se refermait pas. La vue des autres enfants chez eux, entre leurs parents, leurs frères et sœurs, me renforçait dans ma détermination : un jour, moi aussi, j'aurais une « vraie » famille comme eux ! J'exprimais ce désir ardent avec la force d'une conjuration.

Paradoxalement, j'étais une enfant heureuse. Simplement, très tôt, j'ai eu un but dans la vie qui n'était ni de faire carrière, ni de courir après la réussite sociale et l'argent qui l'accompagne. Grâce à mes grands-parents, je connaissais le prix inestimable de l'amour, et grâce à eux encore je savais me contenter de peu ; ils m'avaient appris la patience et le courage, à ne pas être jalouse du bien d'autrui, et avaient éveillé ma prédisposition naturelle à trouver le bonheur dans l'instant. Le soleil, la mer, la faune, la flore, la nature dans son ensemble avait le pouvoir de me rendre heureuse. Il faut dire que les Philippines offrent, sous bien des aspects, le visage préservé d'un paradis terrestre.

La beauté, la diversité des paysages que proposent les sept mille cent sept îles de l'archipel s'étirant en anneau entre l'océan Pacifique, la mer de Chine, de Sulu et des Célèbes, entre le Japon, Taïwan, Bornéo, la Malaisie, Singapour et l'Indonésie, sont stupéfiantes. « Monts escarpés, torrents et chutes d'eau, vastes plaines et rivières aux flux changeants, côtes escarpées, golfes et baies que baigne l'océan, lacs et volcans, cette variété des paysages constitue le cadre de vie quotidien des Philippins. » Elle renouvelle à l'infini « le dialogue entre la terre et l'eau qui est le fondement de la personnalité philippine », comme l'écrit si bien Carmen Guerrero Nakpil, un écrivain dont la sensibilité fait écho chez moi. Je retrouve mon pays dans chacune de ses descriptions et de ses analyses.

Il est vrai que le Manille de ma jeunesse n'a rien à voir avec l'agglomération tentaculaire d'aujourd'hui. À l'époque l'école n'est pas loin de la maison, je m'y rends à pied en toute sécurité. Les voitures, peu nombreuses, se partagent la chaussée avec les calèches ; le fleuve qui sépare la capitale et Makati City de Madaluong City et de San Juan, la *Pasig River*, n'est pas un égout à ciel ouvert ; il y a toujours du soleil, il fait chaud et humide mais on respire, la mer n'est pas trop loin et l'on peut s'y baigner sans danger ; l'air est sain dans la baie balayée par les vents de sud-ouest : on y envoie même en cure les asthmatiques.

Dans mon souvenir que la nostalgie n'embellit pas à dessein, la future capitale est encore à échelle humaine. Même les pauvres peuvent y vivre dignement. La verdure est partout présente, il y a peu de trafic, pas de pollution, pas de violence, tout est calme, aimable, accueillant. Les contacts y sont faciles et chaleureux et, chose curieuse pour un pays asiatique, les Philippins ont une approche de l'existence, d'un point de vue émotionnel et passionnel, qui évoque bien le mode de vie occidental.

Si cet héritage positif de trois siècles et demi de domination espagnole et de cinquante ans de colonisation américaine demeure, la ville a connu, depuis mon enfance, un développement ultrarapide, désordonné, incohérent pour répondre à une démographie galopante, aggravée par le déséquilibre de la propriété foncière [1]. Dans les années soixante-dix, en effet, un nombre considérable de paysans sans terre ou sans travail a été poussé à émigrer vers les grands centres urbains où rien n'était prévu pour les accueillir. Or, en ce temps-là, 70 % de la population dépendaient de près ou de loin du secteur agricole. La réforme agraire indispensable ne sera envisagée qu'en 1988. Ce décalage explique en grande partie l'hypertrophie de la métropole, qui a engendré un taux élevé de chômage et de criminalité avec, malheureusement aussi dans ce pays – ce sont les chiffres officiels –, deux millions et demi d'enfants en situation désespérée.

J'avais quinze ans, en 1971, lorsque les premiers effets de ce bouleversement ont commencé à se faire sentir, et j'allais me trouver indirectement prise dans la tourmente. Peu à peu tout devenait plus difficile.

1. À la fin des années soixante-dix, 10 % de la population possédaient encore 90 % des sols.

Quelques années plus tard, j'aurais moi-même à élever mes enfants dans un contexte devenu angoissant. Il justifiera mon acharnement à faire face sans me laisser rebuter par les difficultés ou les sacrifices à consentir afin d'essayer de donner à mes petits un bon départ dans l'existence. Pour cela, je devais être en mesure de les élever convenablement, c'est-à-dire de payer leurs études et de veiller à leur santé dans une société où la protection sociale n'existe toujours pas.

Au début des années soixante-dix, pourtant, comme toutes les jeunes filles de mon âge, j'ai d'autres préoccupations plus personnelles et plus immédiates. Je commence à m'intéresser aux garçons et je rêve sans doute à l'amour – au grand amour de préférence –, sans oser me l'avouer. Je suis coquette, j'ai une chevelure impressionnante que je brosse longuement chaque jour (mes cheveux dépassent de quelques centimètres ma minijupe !), je plais, on me regarde, je rougis, mais je reste réservée. D'ailleurs ma grand-mère m'a bien mise en garde le jour où je suis devenue une vraie jeune fille : si un garçon m'embrassait sur la bouche – elle avait dit « te donne un bisou » –, je risquais d'être enceinte... Elle m'avait expliqué que la salive du garçon passait par l'intérieur de mon corps et venait féconder l'ovule dans mon ventre. Je n'avais pas du tout envie que ça m'arrive. Enfin pas tout de suite.

Ces explications – je ne les avais pas mises en

doute un seul instant ! – et mes bonnes résolutions m'ont servi de garde-fou plusieurs années durant, jusqu'à ma rencontre inopinée avec Rafael...

*
**

Aux Philippines, la mort est entourée d'un rituel particulier. Le défunt repose pendant cinq jours à la maison, habillé et paré, avant d'être conduit au cimetière, tandis que la famille, les proches, les amis et les voisins défilent. On parle, on mange, on joue aux cartes près du corps. Il y a des bougies allumées partout, dans la chambre mortuaire comme dans chaque pièce où les vapeurs d'encens s'élèvent lourdement. On vient ainsi continuer la vie près de celui qui la quitte mais, au contraire d'autres traditions, le cérémonial se déroule dans une atmosphère générale de tristesse et de pleurs.

La grand-mère d'une de mes copines de lycée étant décédée, je suis allée témoigner mon affection et ma compassion à cette jeune fille et à sa famille qui m'avait souvent reçue, en prenant part à leur deuil. Le hasard a voulu que, dans la chambre même où reposait le corps, je rencontre un garçon nommé Rafael Medina.

J'achève de prier pour l'âme de la défunte, pour ses proches et pour ma camarade dont je comprends la peine, car toutes les grands-mères se ressemblent un peu. Et si je perdais la mienne...

Je suis dans mes pensées, recueillie, attentive aux autres mais discrète lorsque, soudain, je ne vois plus que ce grand jeune homme qui vient d'entrer. Il est beau, élégant, habillé avec recherche. Ses longs cheveux noirs me fascinent. Nous nous regardons au même instant, nos regards se prennent, et bien avant qu'il m'adresse la parole je suis amoureuse de ce séduisant ténébreux dont j'ignore jusqu'au prénom.

Il s'est approché de moi un peu plus tard, presque sans en avoir l'air, et nous nous sommes mis à bavarder. Au bout de quelques minutes nous avions l'impression de nous connaître depuis toujours. Nous avions tant de choses à nous dire, tant à raconter, que nous avons parlé toute la nuit à voix basse, à la lueur dansante des bougies. Nous étions pareils à des aventuriers à la découverte l'un de l'autre, insensibles à la succession des heures, grisés par cette atmosphère irréelle où les vapeurs de myrrhe se mêlaient aux chuchotements et aux pleurs.

Dès ce soir-là, chaque jour Rafael est venu m'attendre à la sortie du lycée. Il avait dix-huit ans. Il ne faisait rien. Il n'avait pas suivi d'études, il ne travaillait pas ; ses parents ayant une certaine aisance, il « profitait » de la vie. J'étais bien près de lui, je ne regardais pas plus loin. J'avais un *boyfriend*, il faisait attention à moi, il m'écoutait, nous étions copains, mais nous ne flirtions pas. Sa présence, nos conversations, nos promenades main dans la main me suffisaient.

Ce beau parleur avait également su faire la conquête de ma grand-mère, si bien qu'elle lui donna sans difficulté son accord lorsqu'il lui demanda, peu après les fêtes du nouvel an, l'autorisation de m'emmener à une *party*. Nous avions la permission de 1 heure du matin que j'étais bien décidée à respecter – d'ailleurs, je tenais toujours mes engagements. Seulement ce soir-là, dans les bras de ce garçon dont je rêvais depuis notre rencontre, je connus en dansant mes premiers émois. La nuit, la musique, la fête, les couples enlacés, tout me conduisit à ce premier baiser, bouleversant, interminable, que je prolongeai de peur de voir s'éteindre cette émotion délicieuse qui m'embrasait tout entière.

« Il est 5 heures, Manille s'éveille, il est 5 heures, je n'ai pas sommeil... » lorsque nous sommes de retour à la maison. Je suis bien éveillée et grand-mère aussi, qui s'adresse à Rafael pour lui demander s'il se souvient de l'heure à laquelle il s'était engagé à me raccompagner, et s'il peut fournir une explication convaincante pour les quatre heures de retard. Un long silence s'ensuit, qui tient lieu de réponse. Pour m'empêcher de rougir, je tente vainement de m'intéresser à mes pieds. Sans en avoir conscience, je viens en une nuit de sceller mon destin. Grand-mère m'explique en peu de mots que ma place n'est plus ici. Puisque j'ai choisi de suivre ce garçon, que je l'ai embrassé, alors je n'ai plus qu'à aller vivre avec lui. Elle se rendra ce matin même chez la mère de mon amoureux pour prendre, « entre femmes », les dispositions qui s'imposent...

Je ne me souviens plus au juste comment j'ai passé cette étrange journée décisive, mais au retour de grand-mère la cause est entendue : d'un commun accord, elles ont décidé que nous devons nous marier. Et dès maintenant, je dois aller habiter dans la famille de Rafael à Caloocan City, dans le quartier de Grace Park, au nord de Manille.

Le « verdict » est tombé comme un couperet. Mon cœur bat très fort. Il n'y a rien à dire et d'ailleurs je ne dis rien. Mise devant le fait accompli, je suis partagée entre une certaine excitation à l'idée des promesses que doit receler cette nouvelle existence, et l'appréhension causée par la brutalité d'une rupture que je n'imaginais pas et à laquelle je n'avais pu me préparer.

J'ai quinze ans lorsque mon enfance se termine dans ce beau matin ensoleillé de janvier 1972. « Adieu grand-mère ! Je n'ai pas voulu te quitter comme ça. Je t'aime, et tu vas me manquer terriblement... »

*
**

Au-delà des apparences, la situation est cependant plus complexe et plus nuancée qu'il n'y paraît. En réalité ma grand-mère est à bout de ressources – je le comprendrai bien plus tard – et n'est plus en mesure de m'assumer, aussi a-t-elle vu dans cette union possible l'occasion de me protéger tout en assurant mon avenir.

Du moins était-elle en droit de le penser...

III

Bonne à tout faire

Mon bagage est vite prêt. Je possède si peu de choses ! J'esquisse un mouvement vers mes poupées pour tout ce qu'elles représentent d'amour et de souvenirs, mais je renonce à les emporter. Grand-mère, elle, pourra leur parler. Elles sont ses créatures, disons ses créations : elles lui tiendront compagnie. D'ailleurs qu'en ferais-je, dans cette nouvelle vie qui m'attend à Caloocan et dont j'ignore tout ?

Il y a Rafael, bien sûr, mais aussi sa mère, son beau-père et ses trois demi-sœurs. Une famille éclatée et recomposée. Les parents de Rafael ont divorcé, il y a bien longtemps, après avoir eu trois enfants. Son père, ouvrier agricole – comme le mien –, travaille toujours dans une ferme à Laguna, à une soixantaine de kilomètres au sud de Manille ; sa sœur aînée est mariée et son frère vit également de son côté. Ce soir, nous serons sept à la maison : ceux qui seront restés et moi, la pièce rapportée. Il me reste quelques heures pour m'habituer à cette idée.

Je vais et viens dans l'appartement à pas comptés, regardant machinalement chaque chose, chaque objet, lorsque d'un coup l'émotion me submerge. J'ai l'impression douce-amère de marcher sur mon passé. Mille détails familiers de la vie courante et de mes jeux de petite fille, ici et à Makati, m'assaillent. Ces quelques mètres carrés où j'ai toujours vécu avec ma grand-mère sont aussi un livre d'histoire, le livre de mes souvenirs. Je viens de le comprendre et j'ai de la peine en le refermant. Cette rupture fait douloureusement écho au sentiment d'abandon que j'éprouvais gamine. J'étouffe un sanglot. Il est temps de partir.

*
**

Caloocan est à peu près à la même hauteur que Quezon, au nord de la *Pasig River*, après le *north district* du port et la partie la plus dense de Manille, avec les rues étroites, pauvres et surpeuplées où vit une importante communauté chinoise. L'appartement de ma nouvelle famille est situé près de la 7e avenue, dans un quartier sans caractère aux rues orthogonales tracées à la règle et à l'équerre par des urbanistes formés à l'école américaine.

Rosario, la mère de Rafael, me reçoit avec courtoisie mais sans enthousiasme. L'accueil me fait un peu penser au jour de la rentrée des classes dans un internat. C'est sans importance, je vais m'habituer. Un peu plus tard je rencontre le beau-père de Rafael, Francisco, et les trois sœurs qui vivent sous ce toit,

Helen, Bessie et Gloria. On ne fait pas vraiment attention à moi. Sur le moment cela m'arrange, même si je suis un peu déçue par ce manque de cordialité. L'hospitalité était plus chaleureuse dans les familles de mes camarades de classe. Je me sens quelque peu dépaysée. C'est sans doute normal. Rafael ne m'aide pas beaucoup. Je cherche son regard, mais il ne s'occupe guère de moi. À moins qu'il n'éprouve une certaine gêne, et qu'il essaie de se donner une contenance ? Après tout, ce soir nous allons dormir ensemble pour la première fois.

Le lendemain matin, à l'heure du petit déjeuner, si la veille encore je ne savais pas au juste quelle place m'était dévolue dans cette maison où j'arrivais pleine d'espoir et de rêves, je fus tout de suite fixée. Je m'apprêtais à proposer mes services lorsque les premières directives s'abattirent sur moi avec la brutalité d'un orage tropical : je devais faire les courses, la cuisine, laver, repasser, coudre, sans oublier le ménage. Je n'avais plus aucune question à me poser à propos de mon statut ou de mon emploi du temps. Je venais d'être intronisée « bonne à tout faire » !

Quelques minutes après la présentation de ce programme, je me retrouvai en tête à tête avec la vaisselle du *breakfast*. Les « beaux-parents », Helen et Gloria étaient partis travailler ; Bessie sortait et Rafael, qui semblait trouver cette situation parfaitement normale, prenait soin de sa toilette avant d'aller voir des copains. Je me mis à l'ouvrage pour ne pas pleurer. Après tout, on cherchait peut-être à me tester. C'était légitime. Rosario voulait vérifier si j'allais être une bonne épouse pour son fils. Cette pensée me réconforta et me stimula. C'était le moment de lui montrer ce dont j'étais capable. « Merci grand-mère pour tout ce que tu m'as appris. Grâce à toi, je vais réussir mon examen de passage haut la main ! »

Ce fut un succès. Je m'en tirais si bien que le même scénario se reproduisit le lendemain, le surlendemain et les jours suivants. Au bout de deux semaines de ce travail qui me prenait à temps complet sans me laisser une minute à moi, je dus me rendre à l'évidence : j'étais tombée en esclavage. D'un côté les fers, de l'autre le repos du guerrier... Seules les apparences donnaient le change. Ce n'était pas exactement là mon rêve de jeune fille.

La mère et le beau-père de Rafael avaient monté une petite affaire familiale prospère de sacs en plastique. Helen et Gloria travaillaient avec eux. L'entreprise était installée dans le quartier de Quiapo, la partie basse de Manille où se tient un grand marché adossé au fleuve. Ils possédaient là-bas un second appartement, si bien qu'ils logeaient tantôt à Caloocan, tantôt à Quiapo. Dans ce dernier cas, la vaisselle mise à part, ma charge de travail ne diminuait guère pour autant. En revanche nous étions moins serrés et nous avions davantage d'intimité lorsque Rafael n'oubliait pas de rentrer le soir.

C'était ma dernière découverte : mon *boy-friend*, mon futur mari, regagnait la maison quand il n'avait rien de mieux à faire ! Non que son travail le retînt : il n'en avait pas et n'en cherchait pas non plus pour le moment. Alors pourquoi choisissait-il de passer son temps avec ses copains et ses copines ?

Je ne connaissais pas la réponse à cette question dérangeante. J'étais amoureuse, certes, mais ni aveugle, ni stupide. Mon « mari » n'était pas un voyou, il n'y avait rien de mauvais en lui, je le savais, mais il fallait bien se rendre à l'évidence : c'était un charmeur et un bon à rien. Après deux mois de vie commune – si l'on peut dire – j'en étais arrivée à ce constat plein d'amertume. Bien entendu, je me gardais de partager mes réflexions et ma désillusion avec qui que ce soit. À cette époque-là, je n'avais pas d'amie intime. En aurais-je eu une, d'ailleurs, que je ne me serais pas confiée sur un tel sujet. On ne partage pas la vie d'un couple à plusieurs. La seule personne à qui j'aurais pu en parler était ma grand-mère, mais – orgueil ou pudeur ? – je pris bien soin de ne jamais lui donner à penser que je pouvais être malheureuse, ou même en difficulté. Avec le recul, je crois que j'ai eu raison. Elle m'aimait profondément, et elle avait connu suffisamment d'épreuves dans son existence pour que je ne rajoute pas à sa peine le récit de mes propres tourments. Quant à Rafael, je doutais que l'on puisse changer la nature profonde de quelqu'un. En conséquence, c'était à moi de me débrouiller avec ma vie. Je ne croyais pas qu'elle était écrite d'avance, et encore moins à une prédisposition au malheur. Ma destinée était entre mes mains...

*
**

En mai, je m'aperçus que j'étais enceinte. Il y avait un peu plus de quatre mois que nous vivions ensemble et c'était mon premier vrai cadeau. La nouvelle me remplissait de joie. Rafael, de son côté, ne manifestait aucune émotion particulière à l'idée d'être père. Pour lui une grossesse s'inscrivait dans la nature des choses chez une fille, au même titre que boire ou manger. Voilà tout. Il ne modifia en rien ses habitudes et ne fit pas plus attention à moi. Les bébés, les enfants restaient une affaire de femmes ! Lesquelles ? Celles de la famille ne semblaient pas concernées non plus. Plus exactement, elles devaient craindre de me voir devenir moins attentive à la bonne marche de la maison et moins efficace au fil des mois. Bref, elles redoutaient une baisse de la qualité du service. Personne ne fit un geste pour m'aider ou me décharger de quoi que ce soit. Tenir une maison de sept personnes n'est pas une mince affaire. D'autant qu'aux Philippines, à cette époque, il n'y avait bien entendu ni machine à laver le linge, ni machine à laver la vaisselle, ni fer à repasser à vapeur – même dans les classes moyennes de la société. Tout se faisait à la main. La couture aussi.

Fort heureusement ma grossesse s'annonçait sans problème et je m'acquittais de mes tâches comme à l'ordinaire. Cette vie nouvelle qui s'éveillait en moi me remplissait d'espérance. Bientôt, j'allais connaître la joie d'être mère !

Rafael junior vient au monde en janvier 1973. Mes larmes de joie se transforment vite en sanglots lorsque le médecin m'annonce que le bébé a un problème au cœur. La communication entre les ventricules n'est pas normale. Cette malformation porte un nom : la maladie bleue.

– Plus tard, m'explique-t-il, il ne pourra pas faire d'efforts, pas courir, ni jouer comme les autres enfants et, en fonction de l'évolution de la maladie, il lui faudra un jour subir une opération à cœur ouvert s'il veut continuer à vivre à peu près normalement...

Je suis assommée, abasourdie. J'ai l'impression d'être punie par le Ciel pour des fautes que je n'ai pas commises. Je regarde mon amour de petit bonhomme, il a seulement quelques heures et mon chagrin redouble quand je pense aux épreuves qui l'attendent. Les miennes ne suffisaient donc pas ? Les « pourquoi » se bousculent dans ma tête pendant des heures et des jours. Ils resteront sans réponse.

Cette fois je peux partager mon souci et ma peine avec ma grand-mère et ma « belle-mère ». Elles sont venues me voir et se montrent sincèrement affligées par ce qui arrive au bébé. Rafael, le père, n'a pas pris le temps de passer à l'hôpital. Et lorsque je serai de retour à la maison, je me révélerai bien incapable de deviner ce qu'il éprouve. La naissance comme la maladie de son premier enfant semblent le laisser de marbre. Je reviendrais du marché en lui annonçant que je n'ai pas trouvé de salades – elles sont rares et chères aux Philippines –, il ne manifesterait sans doute pas plus d'intérêt. Je ne comprends pas ce garçon, toujours aussi beau, toujours aussi charmant, toujours aussi bien habillé, dont je voudrais bien ne pas être amoureuse du tout en ce moment ! Naturellement, il ne s'occupe pas du bébé et ne joue pas non plus avec lui. Est-il le seul de son espèce à se comporter de la sorte ? Tant pis, je vais m'appliquer à aimer cet enfant pour nous deux. C'est son fils, il finira bien par le revendiquer un jour !

À peine rentrée de l'hôpital, je reprends bien malgré moi ce rôle de Cendrillon qui me colle à la peau et dont je n'attends qu'une occasion pour me débarrasser. Il me faudra du temps pour y parvenir, mais je réussirai. C'est une certitude. Bessie m'aide un peu quand elle y pense. Pas souvent et pas longtemps, mais c'est la seule à s'être préoccupée de moi à cette époque.

En juillet, je suis enceinte à nouveau. Grace vient au monde au mois de mars 1974. Cette fois le bonheur est sans mélange. C'est un magnifique bébé en pleine forme. Rafael réagit un peu mieux à la naissance de sa fille qu'à celle de son fils. Le charme – déjà – doit agir sur cet incorrigible play-boy. Ce n'est pas encore l'enthousiasme, mais ce n'est plus l'indifférence. Il y a un progrès !

À peine remise de l'accouchement, je me mets en quête d'un travail rémunéré. Cendrillon rend son tablier. Je veux changer de rôle à tout prix. Puisque les affaires de sacs en plastique marchent bien, je repère une société qui travaille avec les supermarchés et je me fais engager pour la vente et les livraisons. La famille de Rafael n'apprécie pas, mais je sais que ma liberté est à ce prix. Je gagne huit pesos par jour, l'équivalent de deux ou trois euros d'aujourd'hui. Ce n'est pas beaucoup, mais ça me permet de louer un petit logement. Nous habitons toujours Caloocan, assez près de l'autre appartement, mais nous sommes chez nous. À partir de là, d'ailleurs, Rafael prend l'habitude de rentrer certains soirs à la maison. Il lui arrive même d'accepter un petit boulot à l'occasion. Je me prends à espérer. Je m'arrange au mieux pour la garde des enfants et, si je n'ai pas de solution, je les emmène avec moi au travail. Ce n'est pas simple, mais j'y arrive quand même. L'indépendance est à ce prix.

Au bout de deux ans à ce régime, je me débrouille suffisamment bien pour être en mesure de prendre une femme de ménage. Elle m'aide aussi pour les gamins. La vie devient plus simple. Rafael junior vient de fêter ses trois ans et Grace en a deux. Ils sont adorables avec moi et s'entendent à merveille. Rafael veille sur sa sœur et Grace a déjà des gestes maternels à l'égard de son frère. Je lui ai expliqué qu'il fallait faire attention à lui parce qu'il était un peu malade, et elle se montre très protectrice.

Le cadeau de mes vingt ans, c'est d'attendre mon troisième enfant. J'ai toujours eu envie d'une vraie famille, et j'ai vraiment le sentiment, à l'époque, que notre couple va se souder. Je suis enceinte en mai, exactement comme pour Rafael ; Oddeth, ma deuxième fille, va naître en janvier 1977 pour célébrer tout à la fois mon anniversaire, Noël et la nouvelle année.

Cependant, l'année 1976 ne se termine pas aussi bien qu'elle avait commencé. Grand-mère, à soixante-treize ans, s'en est allée rejoindre grand-père. Sa disparition me bouleverse. Elle me prive aussi du dernier appui que j'avais dans l'existence. Elle était mon unique lien avec le passé, et elle seule connaissait chaque détail de ma vie de petite fille. Avec elle, je perds une vraie maman. Un cordon ombilical vient d'être coupé. Je suis orpheline pour la seconde fois.

Rafael, lui, ne change pas, contrairement à ce que j'ai pu penser. Il poursuit avec application une vie insouciante et oisive, entouré de copains et de copines. Séduire, chez lui, est une seconde nature. Je suis enceinte d'Oddeth depuis trois mois lorsque, un après-midi, en prenant le bus pour rentrer de Makati où je suis allée faire des courses, je l'aperçois avec une *girl-friend* qu'il tient par les épaules. Il ne me voit pas et, pendant tout le trajet, je le regarde faire le joli cœur tandis que la fille se blottit contre lui, l'air ravi. Arrivée à destination, au passage je m'arrête brièvement devant le couple et, avec un grand sourire, je balance cette petite phrase assassine avant de descendre :

– Hey, Rafael ! N'oublie pas que tes enfants t'attendent à la maison !

Je ne suis pas déçue par l'effet produit. Mon « mari » est soudain très mal. Il blêmit et, comme dans un dessin animé, au ralenti, il dégage son bras des épaules de la fille. Son embarras est un spectacle réconfortant que je ne suis pas près d'oublier.

Lorsqu'il rentre à la maison le soir, pour dîner, nous venons de nous mettre à table. Je ne dis pas un mot. Il a l'air d'avoir tellement honte que je me sens lavée de bon nombre d'humiliations.

– Papa, papa ! Viens t'asseoir, lui dit joyeusement Grace en agitant ses mains, on va manger !

Il s'assied et je le sers. Nous partageons ce soir-là un des repas les plus agréables que nous ayons eu en famille.

Rafael s'est manifesté un peu à la naissance d'Oddeth, un ravissant bébé qui ne me donne aucun souci. Décidément, les filles ont sur lui un pouvoir que n'ont pas les garçons. Pour ma part, je reprends mon travail au plus vite. Je réussis à mener tout de front. Seulement, en octobre, je me trouve enceinte pour la quatrième fois et je sais qu'à la naissance du bébé je ne vais pas pouvoir m'en sortir.

Je me rends compte que, pour les Occidentaux, avoir quatre enfants dans un tel contexte frise l'inconscience, mais c'est très différent sous nos climats où les familles nombreuses sont fréquentes. Il n'y a pas très longtemps, il n'était pas rare de voir un couple élever entre douze et quinze enfants. Aujourd'hui, le nombre moyen d'enfants d'un foyer s'élève entre quatre et six. D'abord, la famille – au sens large du terme – est la base de la société philippine ; on y pratique l'entraide, ce qui permet de compenser, en partie, l'absence de protection sociale et, dans une certaine mesure aussi, de faire face au dénuement. En second lieu, si Rafael est volage, il est quand même gentil. Il n'est ni brutal, ni violent, et il aime ses enfants à sa façon. D'ailleurs, ceux-ci ne s'y trompent pas et le lui rendent bien. Ensuite, les parents de Rafael sont prêts à nous assister – ils l'ont prouvé. Enfin, la pilule n'est pas diffusée dans ces années-là aux Philippines, et à moins de mesures gouvernementales en faveur d'un planning familial l'obligation d'une prescription et d'un suivi médical comme son prix la mettraient hors de portée de la quasi-totalité des femmes. La situation dans laquelle je me trouve alors est tout à fait courante dans mon pays. Seul mon acharnement à tenter de réussir « ma famille », malgré l'attitude de mon compagnon, est un facteur personnel pour lequel on peut me juger différemment.

Il y a eu presque trois ans d'écart entre Grace et Oddeth, qui m'ont permis de m'organiser. Mais là ce ne sera plus possible. Avec quatre enfants, je ne pourrai pas travailler et m'occuper d'eux en même temps. Plus de travail, plus d'argent, et pas de protection sociale... Je ne pourrai plus payer le loyer.

Je ne peux pas compter sur Rafael pour assurer le quotidien. Un jour il a du travail, le lendemain il n'en a pas. Il va falloir trouver une solution.

C'est ma belle-mère qui me l'apporte en me proposant d'occuper la petite maison qu'elle possède à Laguna, là où vit le père de Rafael. Pourquoi pas ? Cette gentille proposition règle le problème du loyer et je m'entends bien avec ce beau-père que j'ai eu l'occasion de rencontrer plusieurs fois et qui est d'accord pour garder les enfants lorsque je serai en mesure de reprendre un job. Nous verrons bien.

Wilnard, mon deuxième garçon, vient au monde en juin 1978. C'est un bébé rieur, aussi calme et facile que son frère et ses sœurs. Heureusement pour moi car, cette fois-ci, je suis très fatiguée. Helen, ma petite belle-sœur, a accepté de garder les enfants le temps où j'étais à l'hôpital, mais à mon retour je me retrouve sans personne. Je suis obligée de m'occuper de tout moi-même. Rafael ne se montre pas plus attentif à son deuxième fils qu'au premier, et visiblement Grace et Oddeth restent ses préférées. Quatre enfants dont une petite fille de dix-huit mois et un bébé, c'est beaucoup de travail pour la maman. Je fais face comme à l'accoutumée, mais je peine. La seule aide que je reçois est celle de mes deux aînés ; ils se montrent adorables et remplissent avec beaucoup de sérieux leur mission de baby-sitters. Je peux vraiment compter sur eux.

Quelques semaines après la naissance, j'organise le départ pour Laguna. Seulement je pars seule avec les enfants, Rafael ne nous suit pas. Il a trouvé une place de chauffeur-livreur à mi-temps à Manille et retourne vivre dans l'appartement de ses parents à Caloocan. Me voilà mère célibataire – ou presque. Rafael passera nous voir deux fois par mois, le jeudi et le dimanche, pour aller avec nous à l'église.

Est-ce que j'aime encore cet homme qui n'est même pas mon mari ? C'est une vraie et une fausse question à la fois, car elle ne se pose pas. Je suis « obligée » d'être avec lui, parce que nous avons des enfants ensemble. Pour moi, c'est une évidence qui ne se discute pas. C'est comme ça ! Mais si je regarde bien au fond de moi, à ma grande surprise, tout n'est pas mort. Il reste un petit quelque chose, un tout petit peu d'amour. Bien peu, mais il est semblable à la braise sous la cendre, il suffirait à ranimer la flamme si... Si ? Je ne sais pas quoi dire, car en huit années de vie commune j'ai beaucoup souffert, dans mon cœur mais aussi dans mon amour-propre, dans ma dignité de femme bafouée. Depuis que nous avons eu notre premier enfant, nous ne sommes jamais allés au cinéma, nous ne sommes jamais allés en vacances, nous ne sommes jamais allés au carnaval que j'aime tant, nous ne sommes même jamais allés nous promener ensemble. Nous n'avons plus aucun souvenir en commun...

L'argent que j'ai gagné nous a permis d'avoir un toit, un « chez-nous », et de veiller à la croissance de nos enfants. Mais il n'y a jamais un peso superflu pour moi. Je n'ai pas d'argent pour m'acheter des robes. Quand j'ai le temps, je les fais moi-même. Je n'ai jamais la possibilité d'acheter un journal ou un livre, mais où trouverais-je le loisir de lire ? Dès que j'ai une minute, je couds des vêtements pour les petits. Au milieu de cette grisaille, de ces difficultés de toutes sortes, de ces humiliations et de cette solitude morale et physique pour faire face à tout, je n'ai pour soleil que l'amour de mes enfants. Un merveilleux soleil qui me réchauffe et me console. La seule menace d'orage qui plane toujours au-dessus de nous comme une épée de Damoclès, c'est la maladie de mon fils aîné. Comment vais-je faire pour gagner l'argent nécessaire à son opération ? La somme est colossale, elle représente plusieurs années de salaire. Mon Dieu, aidez-moi !

*
**

Les enfants sont bien à Laguna, près de la mer, et je m'y remets moi-même des fatigues accumulées. Ils vont chez leur grand-père, Rafael passe nous voir deux fois chaque semaine, et nous allons ensemble aux offices de l'Église du Christ, si bien que nous avons une illusion de vie normale. Seulement, nous sommes matériellement dans un état très précaire. Je ne peux pas encore prendre un emploi, ni acheter autre chose que le strict nécessaire. Pour l'essentiel nous vivons des produits du jardin.

Rafael et Grace vont à la maternelle. Pour améliorer l'ordinaire je confectionne des goûters pour les enfants que les deux miens vendent à leurs petits camarades. Ce n'est toujours pas la voie de la fortune. Cette situation va durer encore quelques mois...

Dès que j'ai pu confier les enfants à la garde du père de Rafael, j'ai emmené le bébé avec moi et je suis partie travailler au magasin de mes beaux-parents. Ils s'occupent à présent de la diffusion de produits en provenance des États-Unis, quelque chose dans le genre des surplus ayant existé un peu partout en Europe après la guerre. J'aime bien vendre, le contact avec la clientèle me dynamise. Nous logeons avec le petit Wilnard chez ma belle-mère, dans l'appartement de Quiapo. De temps à autre Rafael passe le samedi me demander un peu d'argent, lorsqu'il est à sec, pour miser sur les combats de coqs. Ces combats, très cruels, sont très populaires aux Philippines – surtout dans les provinces –, au même titre que les corridas en Espagne. Les paris engagent des sommes considérables et l'on peut y réaliser des gains importants.

*
**

J'ose à peine y croire, je vais m'appeler Vilma Medina ! L'autre jour, le pasteur m'a prise à part et m'a dit que je devais me marier. La semaine suivante, c'était au tour de Rafael de se faire sermonner.

– Vous avez quatre enfants, vous vivez ensemble dans le péché. C'est interdit par l'Église. Vous devez régulariser la situation, sinon nous ne pouvons plus vous accepter dans la communauté religieuse... L'Église du Christ ne reconnaît que les couples mariés. Il faut épouser Vilma !

Rafael a dit « oui ». J'ai dit « oui ». C'était aussi simple que cela. Nous étions à Manille et le pasteur ignorait tout de la vie dissolue de mon compagnon. Je ne lui en ai rien dit de mon côté. L'occasion était trop belle : nous allions enfin pouvoir former une vraie famille ! J'étais heureuse de cette décision, Rafael a toujours reconnu ses enfants et je sais bien qu'au fond de lui il les aime, à sa manière, autant que moi.

La cérémonie a lieu un après-midi. J'aurais bien aimé que ce soit quelque chose de mémorable, mais c'est un jour ordinaire. Très ordinaire même. Il y a une vingtaine d'invités, le pasteur et les six témoins – trois pour chacun des mariés, comme le veut la tradition ici, trois hommes et trois femmes – et quelques relations. C'est peu pour les Philippines où les mariages comptent rarement moins d'une centaine d'invités. Ni mon père ni ma sœur Elna ne sont venus. Je porte la robe blanche de la plus jeune des sœurs de Rafael – je devrai la lui rendre – et l'anneau de la sœur mariée, que je devrai aussi restituer à celle-ci dans quelques jours. De toute manière, les sœurs de Rafael ne se sont pas déplacées. Elles avaient sans doute autre chose à faire.

La réception qui suit la bénédiction est donnée à 19 heures dans l'église. Bien entendu, c'est moi qui ai fait la cuisine pour tout ce petit monde et dressé le buffet. Je mentirais en disant que c'est le meilleur souvenir de ma vie, mais une fois encore, je crois avoir des raisons d'espérer et je suis tout de même satisfaite par la tournure des événements.

Avec le recul, je pense que j'aurais peut-être dû rendre – aussi – mon mari à ses admiratrices, mais ce n'était pas dans mon état d'esprit du moment. J'avais tant souhaité cette union !

*
**

Je travaille depuis un an au magasin lorsque Rafael – il est devenu un joueur impénitent – voit la chance lui sourire de manière inespérée. Il vient en effet de gagner assez gros, et il me donne une partie de ses gains ! J'entrevois là une intervention divine car je n'ai pas un instant imaginé être payée de retour lorsque je donnais de l'argent à mon mari pour agrémenter ses loisirs. C'est pourtant ce qui vient de se produire.

Nous sommes en 1981, quelques mois après le mariage, et cette manne inespérée va me permettre de recouvrer en partie ma liberté et d'être de nouveau avec mes enfants. Je décide d'ouvrir une modeste boulangerie ici même, à Manille, dans le quartier commerçant du marché de Caloocan, pas très loin de chez mes beaux-parents. J'engage un homme pour faire le pain, un travail trop dur et trop astreignant pour une femme, et je me charge de la vente. Assez rapidement, je dispose de ressources suffisantes pour louer un petit appartement. Je fais d'abord venir les deux aînés et, trois mois plus tard, nous sommes réunis tous les cinq. J'aimerais dire tous les six, mais Rafael a repris ses mauvaises habitudes. Il rentre quand il en a le temps, c'est-à-dire pas souvent, en dehors des mercredis et samedis soir, puisque nous nous rendons à l'église en famille les jeudis et dimanches...

Mais même ces jours-là, il reste de moins en moins longtemps à la maison. Le dimanche, il disparaît au milieu de l'après-midi. Il n'attend même plus la fin de journée pour s'en aller. Je n'ai plus confiance en lui. Je me doute bien qu'il va rejoindre l'une ou l'autre de ses conquêtes, mais je poursuis mon rêve d'une tribu unie pour les enfants. Quoi qu'il m'en coûte, je suis décidée à aller jusqu'au bout du possible. Je souffre peut-être, par moments, mais au moins je n'ai pas d'états d'âme.

IV

Esclave à Abu Dhabi

Trois années se sont écoulées depuis l'ouverture de la boulangerie. Le travail et les enfants m'absorbent entièrement. Je n'ai pas vu 1984 arriver. Wilnard entre à la maternelle, quant aux deux aînés ils emmènent avec eux pour la première fois leur sœur Oddeth à la « grande » école. À la sortie des classes, je récupère tout mon petit monde au magasin. Ils jouent ou commencent leurs devoirs en attendant l'heure de rentrer à la maison.

Ce sont vraiment de bons enfants. J'ai beaucoup de chance de les avoir. Ils sont gentils, ils aiment l'école, ils travaillent bien et s'entendent en général à merveille. Grace prend maintenant soin de Wilnard. Rafael junior, quant à lui, s'en tire plutôt bien malgré son problème de santé ; seulement il ne peut pas courir comme les autres garçons de son âge – il doit s'arrêter au bout de quelques minutes –, encore moins jouer au foot ou au basket avec eux. Malgré cela c'est un gamin d'humeur joyeuse, apprécié de ses camarades, toujours très serviable avec moi et protecteur avec ses sœurs. Tous ces bambins ne sont pas pour autant des anges, loin s'en faut, ils se chamaillent parfois comme tous les frères et sœurs, mais ce n'est jamais sérieux ni violent. Sur ce chapitre, je suis intraitable et ils le savent. Les bagarres sont interdites. Si ça ne va pas, c'est le plus vieux des deux qui est puni. Résultat : ils cherchent eux-mêmes une solution à leurs petits différends.

Je n'ai jamais beaucoup de temps dans la journée, mais lorsque je peux m'échapper un moment je sors avec mes enfants. J'en emmène un ou deux promener ou voir quelque chose ensemble, mais jamais plus de deux à la fois afin de pouvoir rester attentive à leurs besoins, à leurs attentes respectives. Je ne souhaite pas leur donner l'impression désagréable de m'adresser aux quatre en général et à aucun en particulier. Les enfants ont besoin de se sentir écoutés.

Dans la famille, seule Gloria, la troisième sœur de Rafael, fait des cadeaux aux petits. Leur père, lui, n'en fait jamais. Ni pour Noël, ni pour les anniversaires. Sur ce plan-là, nous sommes au même régime tous les cinq. Par contre, quand il travaille, Rafael me donne de l'argent pour la maisonnée. Les années passent, il ne change pas. Ou plutôt si : en plus de ses nombreuses petites amies occasionnelles, je sais – je sens – qu'il a une autre femme dans sa vie. Nous n'avons plus beaucoup de contacts. Je m'interroge toujours sur la conduite à tenir. Le mariage n'a peut-être pas été une très bonne idée, mais c'était la meilleure chose à faire pour les enfants vis-à-vis de leur père. Lui et moi étions membres de l'Église du Christ et, comme nous n'avions pas eu de mariage civil, une sacralisation de l'engagement devenait indispensable pour donner une assise à la famille.

Bien qu'il soit très peu présent et ne s'occupe de rien, Rafael tient une place unique dans la vie des petits. J'ai tout fait pour la préserver. Seulement je suis seule pour envisager l'avenir des enfants, les mettre à l'abri et m'en sortir moi-même. Ce n'est pas évident. J'aurai vingt-huit ans en décembre et, pour le moment, je n'ai pas l'ombre d'une solution en vue.

Une opportunité tout à fait inattendue se présente en avril lorsqu'une copine, la fille d'une de nos voisines, revient passer ses vacances dans sa famille à Manille. Elle travaille depuis un an dans un des pays du Golfe, avec un salaire très largement supérieur à ce qu'elle pourrait espérer ici. Pourquoi ne ferais-je pas comme elle ? Deux cent cinquante mille Philippins s'expatrient ainsi quelques années durant dans les pays arabes pour ce motif. Ils peuvent ensuite assurer l'avenir de leur famille. N'est-ce pas ce que je cherche à faire ? Je suis tentée.

– Le plus simple, me dit mon amie, c'est de voir sur place. Si ça ne te convient pas, tu reviens. Si tu veux bien, je vais appeler ma patronne là-bas. Elle connaît beaucoup de monde. Il y a peut-être parmi ses relations quelqu'un qui cherche une gouvernante ou une femme de service ? On ne sait jamais ! En tout cas, ce serait un signe...

En l'écoutant, je pense aux études des enfants, au lycée dans deux ans pour l'aîné, dans trois ans pour Grace, à l'université même – pourquoi pas, s'ils marchent bien ? À ce moment-là, d'ailleurs, les deux petits entreront au lycée à leur tour, et puis il faut toujours s'attendre à devoir faire face à l'opération de Rafael. Autant de raisons qui plaident en faveur de cette possibilité à laquelle je n'ai jamais songé jusqu'ici. Il est vrai que cela suppose de me séparer des enfants pour au moins un an ou deux, peut-être même trois... D'un autre côté j'ai charge d'âmes et la boulangerie ne me permet pas d'assurer – même si je m'en sors bien – autre chose que le quotidien. Et puis j'ai besoin de m'évader un temps, de rompre avec mes conditions de vie et d'échapper à la famille de Rafael. Dans cette proposition, il y a trop d'inconnues pour décider en connaissance de cause. Pourquoi ne pas m'en remettre à la Providence ?

Finalement je donne mon accord pour que la copine fasse un sondage. On verra bien ce qu'il adviendra...

Quelques jours plus tard une piste se précise : le mari de la patronne de mon amie est en contact avec un homme d'affaires d'Abu Dhabi dont l'épouse cherche une baby-sitter capable de tenir la maison. Cette femme doit m'appeler incessamment.

À la fin de la semaine, en effet, je reçois son coup de fil. La place est toujours libre. La dame me demande si je suis capable de m'occuper d'un bébé, de laver, de repasser, de faire le ménage, les courses, etc. Je lui dis ce qu'il en est. Mon expérience l'intéresse. Si sa proposition me convient, elle se charge de me procurer le visa et le billet d'avion pour que je commence là-bas le 1er mai. Je me concentre, je réfléchis à toute vitesse. À l'autre bout du fil, j'entends la respiration de cette femme avec, en arrière-plan, le gazouillis du bébé. Je pense très fort à mes enfants et je dis « oui », en fermant les yeux.

Sitôt raccroché, un grand vide se fait en moi, je sens les larmes monter. Ça y est : j'ai plongé !

À partir de là, tout va très vite. Il me reste deux semaines pour m'organiser. Les événements se précipitent. Je trouve un appui inespéré en Bessie, la deuxième sœur de mon mari. Elle accepte à la fois de me succéder à la boulangerie et de prendre avec elle mes quatre enfants. J'en pleurerais d'émotion. C'est peut-être ma grand-mère qui, de là-haut, en voyant mes efforts pour m'en sortir, a décidé de donner un coup de main à sa petite Vilma... Du moins je me plais à le penser, tournée vers le ciel, en lui adressant un baiser de tendre complicité. La chance commencerait-elle à me sourire ?

À présent il faut parler aux enfants – ils ont respectivement onze, dix, huit et sept ans –, leur expliquer ce qui se passe, les rassurer, voir Rafael, la famille, mon père, mon employé, mes fournisseurs, mes clients, mettre Bessie au courant, prévenir l'école, les professeurs. Toutes ces démarches menées en parallèle avec mon activité me font marcher à cent à l'heure. À l'approche de la date fatidique, je reçois mon billet en aller simple. Pourquoi le cacher, les derniers jours sont de plus en plus difficiles à vivre. Je mets un point d'honneur à m'occuper des enfants et de la maison exactement comme si rien ne devait jamais changer. La veille du départ, en repassant leurs affaires comme chaque soir, je pleure en silence sur leurs petits vêtements.

*
**

Abu Dhabi est un des émirats du golfe Persique, le plus important, au centre d'une fédération de sept États, un immense morceau de désert et plus de deux cents îles. La capitale, qui a donné son nom au pays, est une métropole de gratte-ciel de verre et d'acier, de jardins et de parcs, construite au bord du golfe comme une oasis.

Un chauffeur m'attend à la descente d'avion pour me conduire à l'appartement de mes employeurs : cinq cents mètres carrés de moquette blanche et de marbre au dix-huitième étage d'un building face à la mer. Passer l'aspirateur ne va pas être une promenade de santé.

Au bout de quarante-huit heures, j'ai une première impression très négative. Elle se confirme hélas en fin de semaine. Sous des dehors séduisants, cet écrin de luxe cache un bagne. Je me suis fait piéger !

J'ai à peine entrevu une fois ou deux mon patron, un homme d'affaires qui a fait fortune dans les ordinateurs. Il semble ouvert, courtois et plutôt sympathique, mais il n'est pratiquement jamais là. La maîtresse de maison, en revanche, est infecte. Elle meuble son ennui et sa solitude en donnant des ordres dont elle vérifie l'exécution avec un soin de tortionnaire sadique. Si elle trouve le moindre cheveu dans la salle de bains, la moindre miette dans la cuisine ou un grain de poussière quelque part sur l'immense moquette du salon, je dois refaire entièrement le ménage dans tout l'appartement. Il y a, bien entendu, le nettoyage des surfaces vitrées, le lavage, le repassage, les courses, et le bébé de trois mois...

Je travaille dix-huit heures par jour. Mon service commence à 5 heures du matin et se termine à 23 heures, sept jours sur sept. Il n'y a pas de jour de repos. Quant au sommeil, je suis installée dans la chambre du bébé, et s'il pleure la nuit c'est encore à moi de m'en occuper. Pour toute nourriture j'ai droit à du pain, une portion de Vache qui rit et un café instantané avec juste assez d'eau chaude – il ne faut pas gaspiller l'eau, elle est plus précieuse que l'or noir ! Ma patronne compte et inscrit tout : le nombre de tomates, de fruits, tout ce qu'il y a dans le réfrigérateur et dans les placards. L'inventaire de la nourriture est vérifié quotidiennement. Il y a un trait sur la bouteille de lait pour que je n'en boive pas. En dehors des commissions, je n'ai pas le droit de sortir. Je n'ai pas le droit non plus de regarder la télévision et, lorsque Madame s'absente, elle m'enferme à clé dans l'appartement. Jamais je n'ai connu semblable situation. Moi qui avais cru être tombée en esclavage au début de mon séjour dans ma belle famille, je sais maintenant ce que c'est vraiment !

En six heures d'avion, je suis revenue tout droit au Moyen Âge. Le jour de mon arrivée, ma patronne m'a pris mon passeport. Comment vais-je réussir à me sortir de ce cauchemar ? Je me vois mal aller me plaindre à mon ambassade à la faveur d'une course. D'ailleurs dans ce milieu très refermé sur lui-même, mon employeuse serait immédiatement informée de ma démarche. Non seulement cela jetterait de l'huile sur le feu, mais je risquerais surtout de ne pas être payée, un luxe que je ne peux pas me permettre.

Cette situation incroyable va durer deux mois et demi. J'ai juste la satisfaction de me rendre à la poste à deux reprises afin d'envoyer de l'argent pour les enfants. Je les appelle chaque semaine mais, bien entendu, je ne leur laisse rien entrevoir de mes soucis. Je suis très fatiguée physiquement, moralement, et je me sens seule comme je ne l'ai sans doute encore jamais été.

À la mi-juin, je n'en peux plus. Les rapports avec ma patronne sont devenus très tendus. Je lui dis qu'elle me rend malade, elle me traite de menteuse ; cinq minutes après, elle est tout sucre tout miel, une heure plus tard je suis clouée au pilori. Ce jeu du chat et de la souris est absurde et usant pour les nerfs d'une personne en état de malnutrition comme je commence à l'être. Je préviens « Madame » que si les choses doivent continuer ainsi, alors je veux rentrer chez moi à Manille.

– Ne vous inquiétez pas, Vilma, me rétorque-t-elle d'une voix douce et conciliante, nous partons à Paris en juillet pour les vacances, et nous vous emmenons avec nous, bien sûr... Vous verrez, Paris c'est très beau ! Ça vous changera les idées.

Paris ! Ce nom résonne dans ma tête comme une musique de fête, un mot magique. À la télévision j'ai vu bien des fois des images de cette ville qui me fascine et dont je rêve. Il y a aussi là-bas, je le sais, une importante communauté philippine où je devrais pouvoir trouver de l'aide. En tout cas, si je suis contrainte de m'échapper, il sera plus facile de le faire là-bas qu'ici, en plein désert...

Je ne laisse rien paraître de mes pensées et de la bouffée d'espoir qui m'envahit soudain. Je me contente d'acquiescer avant de reprendre mon repassage, un œil sur le linge, l'autre sur le bébé dans son petit lit. Il dort pour le moment. J'en profite pour m'avancer dans mon travail.

Ce soir-là, pour la première fois depuis mon arrivée au pays des mirages, je sombre heureuse dans le sommeil, le sourire aux lèvres, l'image de la tour Eiffel sur grand écran au fond de mes yeux.

*
**

Mes employeurs possèdent un très bel appartement à Paris, rue Saint-Didier, près de la place Victor-Hugo, dans le XVIe arrondissement. Nous nous y installons le 9 juillet avec le bébé. Malgré les vacances, le mari de ma patronne est toujours en rendez-vous. Dans quatre jours il doit d'ailleurs repartir pour ses affaires. Pour moi, seul le cadre change. J'ai le même travail, dans les mêmes conditions, avec les mêmes horaires, et je suis toujours enfermée quand ma patronne s'absente. Dans l'avion, j'ai dévoré mes plateaux-repas, mais ici me voilà revenue au régime du cachot : deux biscottes avec une tasse de thé trois fois par jour... J'ai faim tout le temps, j'en suis réduite à finir le biberon lorsque, exceptionnellement, le bébé ne veut plus boire ! Mais c'est rare...

Un jour où je promène le nouveau-né dans son landau, la semelle d'une de mes chaussures s'en va presque entièrement. On me donne de l'argent pour un ressemelage. Je réussis à économiser sur la réparation pour m'acheter en douce un pain au lait que je cache dans la poche de ma veste. J'en mange des petits bouts en buvant de l'eau du robinet lorsque j'ai trop faim. Comment peut-on en arriver là ?

Nous sommes à Paris depuis une semaine lorsque ma patronne m'envoie pour la première fois chercher une baguette dans une des boulangeries de la rue Saint-Didier. J'ai appris le matin même à demander « une baguette » en français. Je fais la queue lorsqu'une jeune femme m'interpelle dans ma langue :

– Tu es philippine ?

Je me retourne, surprise, vers cette compatriote, et lui réponds « oui » machinalement en tagalog, puis en anglais. Elle m'examine rapidement des pieds à la tête.

– Tu es très très maigre, me dit-elle. Tu es malade ? Si tu as besoin d'aide, je te donne mon adresse, tu m'appelles et tu viens. Je m'appelle Ligaya.

– Et moi, Vilma... Non, je ne suis pas malade...

Mais je lui dis qu'en effet, il n'est pas impossible que je l'appelle. Nous échangeons quelques mots de sympathie tandis qu'elle finit d'écrire ses coordonnées sur un vieux ticket de métro péché dans son sac.

De retour à la maison, me rappelant la remarque de cette jeune femme, j'enlève ma veste et je me regarde attentivement dans la glace de la salle de bains : je suis en effet très amaigrie. Je n'ai plus de formes. Mes jambes ressemblent à des bâtons. À vrai dire, je n'ai plus que la peau sur les os tellement je crève de faim. Mes joues sont creuses, mes yeux hagards... Je prends peur en regardant mon visage. Si je continue comme ça, je vais me retrouver à l'hôpital. Ma décision est prise : cette fois, à la première occasion, je m'échappe !

La belle-mère de ma patronne doit arriver d'Abu Dhabi demain. Toutes deux vont certainement beaucoup sortir pour faire les magasins et se promener avec le bébé. Ce sera peut-être le moment d'agir. En attendant, cette arrivée à Paris signifie pour moi un redoublement de travail, le grand ménage à fond en plus des fenêtres que j'ai ordre de nettoyer chaque jour. Tout doit être impeccable. Ce n'est plus un appartement, c'est un musée.

Ce séjour réjouit ma patronne qui se montre pour une fois aimable et souriante. Un matin à 10 heures, alors que je suis en train de travailler, elle me dit d'aller dans la cuisine déguster une part de poulet qu'elle a laissée dans une assiette à mon intention. Je crois rêver ! Je n'ai pas mangé de viande depuis mon départ des Philippines... Je ne n'interroge pas plus longtemps sur les raisons de cette libéralité insensée, et je prends dignement le chemin de l'office.

Chaque bouchée est un régal. Je m'efforce de mastiquer longuement pour faire durer le plaisir... En tout cas, je n'en reviens pas. Que se passe-t-il ? À midi, ma patronne me dit de me préparer à sortir avec le bébé pour les accompagner au restaurant. Pendant qu'elles déjeuneront, je promènerai l'enfant.

Avoir mangé du poulet deux heures plus tôt a curieusement éveillé mon appétit. Quand nous arrivons au restaurant, je meurs littéralement de faim. Les deux femmes ont pris le nourrisson dans les bras le temps de passer commande, tandis que je reste plantée debout à côté de la table. Évidemment, je ne suis pas conviée à prendre place. Mon regard s'attarde sur la desserte voisine où une coupe déborde de morceaux de sucre de canne, et l'autre de ces chocolats que l'on sert avec le café. Malheureusement, ce buffet n'est pas accessible. En revanche, je viens de repérer un beau bout de pain tombé sous la table voisine. Je bouge pour m'en rapprocher lorsque ma patronne me tend le bébé.

– Allez, Vilma, emmenez-le faire une belle promenade. Faites bien attention au soleil !

Je ne peux plus me baisser pour ramasser le pain sans qu'elle me voie. La mort dans l'âme et l'estomac tordu par une crampe, je renonce à mon projet. À la maison j'ai encore un peu de pain au lait, de quoi attendre le thé et les biscottes du soir...

Le surlendemain dans la matinée, les deux femmes se préparent à sortir avec l'enfant pour faire les boutiques. Je les entends parler en arabe avec animation. Ma patronne est d'humeur joyeuse. En partant, elle me demande de nettoyer en priorité les fenêtres.

Je vais donc chercher de quoi faire les vitres, et soudain un détail m'interpelle : je ne crois pas avoir entendu la clé tourner dans la serrure, ni le bruit caractéristique de l'enclenchement des verrous de sécurité... J'attends un moment afin de m'assurer que ni l'une ni l'autre des deux femmes ne revient sur ses pas et je m'approche de la porte. Un coup d'œil suffit à me renseigner : elles n'ont pas fermé ! Incroyable ! Jamais encore un tel oubli ne s'est produit. Une bouffée de chaleur m'envahit. Je vérifie par l'œilleton que le palier est désert. Je fais jouer la poignée, elle tourne sans problème. La lourde porte blindée s'entrouvre sans un bruit. L'ascenseur est immobile. J'écoute un instant le silence feutré de la cage d'escalier. Personne. Mon cœur s'emballe. C'est l'occasion inespérée. J'ai peut-être une heure devant moi, pas beaucoup plus, pour disparaître. Seulement, il me faut d'abord trouver mon passeport.

Je me précipite comme une folle dans la chambre du bébé. Mes vêtements restent toujours rangés dans le sac sous mon lit. J'attrape vivement les affaires qui sont dans le cabinet de toilette. Je vérifie que je n'oublie rien et je boucle mon bagage. Reste le passeport. Il doit être dans la chambre de ma patronne. Le troisième tiroir que j'ouvre est le bon. Je m'empare du précieux document avec un soupir de soulagement, je remets soigneusement tout en place et je me précipite à l'office. Pas question de sortir de la maison mon bagage à la main – le gardien ne me laisserait pas passer ! –, il me faut un grand sac-poubelle pour le dissimuler. J'enfourne mes affaires dedans, je jette un dernier coup d'œil à ma prison dorée et je gagne l'entrée d'un pas rapide. Il ne s'est pas écoulé un quart d'heure lorsque la porte palière se referme derrière moi avec le claquement discret de la gâche.

Le gardien sort de sa loge en me voyant arriver avec ce grand sac-poubelle à la main. Mon cœur s'affole, mais je me contrôle. Je sais ce qu'il va me demander, ma réponse est toute prête.

– Où allez-vous, madame ?

– Porter du linge à la laverie. La machine à laver est en panne. La patronne veut tout ça repassé ce soir.

– OK. C'est bon.

Me voilà dans la rue. Même si je le voulais, à présent je ne peux plus revenir en arrière.

Je regarde dans les deux sens pour voir si je n'aperçois pas le landau. Rien que des silhouettes inconnues. Je change de trottoir et me dirige rapidement vers la place Victor-Hugo où je suis assurée de trouver un taxi en quelques minutes. Je serre dans ma main gauche l'adresse de Ligaya. Deux voitures attendent à la station. Je m'engouffre dans la Mercedes de tête et je tends mon papier au chauffeur. Il me dit quelque chose en français que je ne comprends pas, hausse les épaules et démarre.

J'ouvre la vitre. Un souffle de liberté me caresse le visage. Je souris. Nous sommes le 19 juillet 1984, premier jour de mon indépendance retrouvée. Je compte l'argent français qui me reste dans mon porte-monnaie, celui que j'ai réussi à mettre de côté en faisant le marché depuis dix jours. Ce n'est pas du vol puisque j'abandonne en contrepartie mes gages du mois.

Cet argent va bien me manquer, mais tant pis. Dans l'immédiat, l'essentiel est qu'il y en ait suffisamment pour payer la course. Demain est un autre jour.

V

Les portes de la liberté

J'ai à peine eu le temps de jouer au touriste à contempler l'animation des rues, les vitrines, les façades des beaux immeubles et de goûter au plaisir de me laisser conduire dans Paris : nous sommes déjà arrivés à destination. La chaussée de la Muette est à peine à cinq minutes de voiture de l'appartement que je viens de quitter. J'imagine maintenant ce que le chauffeur essayait de me dire tout à l'heure. C'est vrai, j'aurais pu m'y rendre à pied ! Mais comment pouvais-je deviner que c'était si près ? Je ne parle pas français, je ne connais pas la ville et je n'ai pas de plan. En tout cas, je règle sans difficulté. Voilà déjà un souci de moins.

Il est presque 11 heures du matin lorsque je pénètre dans l'immeuble où habite Ligaya. Je ne vois pas son nom sur le tableau des locataires. Devant mon embarras manifeste, la gardienne ouvre la porte de sa loge. Je crois deviner qu'elle me demande ce que je cherche. Je le lui dis, mais elle ne comprend malheureusement pas l'anglais. Je lui montre le papier où sont inscrits le nom et l'adresse mais, après examen, elle me fait « non » de la tête. Je suis de plus en plus désemparée lorsqu'un locataire sur le point de sortir s'approche et me demande en anglais s'il peut m'aider. J'apprends par son intermédiaire qu'il n'y a personne de ce nom ici, mais qu'un couple philippin habite bien dans les dépendances de l'immeuble. Je décris sommairement Ligaya et, au fur et à mesure de la traduction, je vois la gardienne acquiescer. Elle s'anime en parlant et fait des gestes en direction de la cour. L'homme m'explique à son tour que mon « amie » occupe une chambre de bonne de ce côté-ci mais que, pour le moment, il n'y a personne.

– Ça ne fait rien, j'attendrai ! De toute façon, je ne peux pas me promener avec ça...

Je montre mon bagage d'un air navré. La gardienne répond par un signe évasif. Mon « interprète » me conduit alors jusqu'à la cour, désigne l'escalier de service et me donne les indications nécessaires pour trouver la chambre.

Me voilà bientôt au dernier étage, assise sur la dernière marche. Il est 11 heures. L'attente commence. Je me familiarise avec les bruits de l'immeuble tout en examinant la situation. Je repense aux événements de ces trois derniers jours et à la chance inouïe que j'ai eue ce matin. Il fait beau, c'est l'été. Une nouvelle page s'ouvre devant moi. Je me détends.

Vers 13 heures, la faim commence à me tenailler. Je trouve un petit bout de pain de mie au fond de ma poche, il fera l'affaire faute de mieux. Je n'ose pas descendre en acheter un, de peur que la gardienne me dise de ne pas attendre comme ça dans l'escalier, me demande de téléphoner ou de repasser quand il y aura quelqu'un. Tant pis. Je ne bougerai pas. Aujourd'hui plus que jamais j'ai toutes les patiences. Je me cale contre le mur et j'en profite pour me reposer. J'ai si peu dormi depuis deux mois et demi ! Je finis par m'assoupir. L'inconfort relatif de ma position m'empêche de sombrer complètement. Je perçois les bruits comme au travers un brouillard. Ce n'est pas désagréable. Je perds la notion du temps.

Vers 16 heures je reprends conscience en me disant que si Ligaya est partie travailler – mais j'ignore ce qu'elle fait –, elle devrait être de retour entre 17 h 30 et 18 h 30. Encore deux bonnes heures à patienter. La torpeur estivale, qui semble avoir pris possession de l'immeuble jusqu'alors, se dissipe progressivement en fin d'après-midi. Des bruits nouveaux parviennent jusqu'à moi : des pas dans les escaliers, des bribes de conversation surprises entre deux portes, un rire qui fuse, la cavalcade des enfants, les pleurs d'un bébé, une radio quelque part et soudain le *jingle* d'un flash d'information. On n'annonce quand même pas ma « disparition » de la rue Saint-Didier à la radio... Qu'est-ce qui peut bien se passer en France aujourd'hui ? Et à Manille ? En dehors de celles des enfants, je n'ai plus de nouvelles de là-bas depuis longtemps. Ligaya pourra sûrement m'en donner !

À partir de 20 heures, un calme différent de celui de l'après-midi s'installe. Je commence à me faire du souci. Si Ligaya dîne dehors ou si elle va au cinéma, je vais devoir attendre encore quelques heures, mais si elle ne rentre pas, que vais-je devenir ? L'idée absurde de retourner chez ma patronne m'effleure un instant. Je hausse les épaules avec agacement. Décidément, la fatigue et le manque de nourriture m'ont fragilisée. Qui plus est, je n'ai rien bu de la journée. Je me lave les mains et je me rafraîchis le visage au robinet d'eau du palier, mais je n'ose pas boire. D'ailleurs il y a une petite plaque en émail avec quelque chose d'écrit dessus qui peut-être le déconseille.

La nuit tombe vers 21 h 30. À plusieurs reprises des pas ont résonné dans l'escalier de service, mais ils se sont arrêtés aux étages inférieurs. Deux fois seulement, on est monté jusqu'ici. Je me suis levée en croyant que c'était Ligaya. Deux femmes, espagnoles ou portugaises, si je peux en juger, sont rentrées dans leurs chambres respectives et m'ont à peine regardée. L'une est ressortie, l'autre pas ; j'entends sa télévision marcher un moment, puis le silence revient. Elle a dû s'endormir. Je crois que le mieux c'est d'en faire autant...

Chaque fois que la lumière s'allume, que j'entends un bruit de pas, je sursaute dans mon demi-sommeil peuplé d'images plus ou moins incohérentes. Je me réveille en une fraction de seconde et me redresse pleine d'espoir, mais en vain. Toujours rien. Quelle heure est-il ? Mon Dieu, il est bientôt minuit !

J'ai sorti un vêtement chaud de mon sac et je me suis réinstallée le moins mal possible. Dans le noir, je lutte difficilement contre un sentiment d'abandon et d'immense inquiétude. Avoir dormi plus ou moins m'a aidée à passer le temps, mais, à présent je reste bien éveillée. Nous sommes jeudi, ou plus exactement dans la nuit de jeudi à vendredi... Quatre jours déjà que j'ai rencontré Ligaya. M'a-t-elle seulement parlé d'une absence possible ? Non. Je ne crois pas. Je ne me le rappelle pas. Cela m'aurait frappée.

J'ai dû me rendormir car je n'ai pas entendu la minuterie s'allumer et il y a maintenant un bruit de pas discret dans l'escalier. Deux personnes montent. On chuchote... Je tends l'oreille... Ce n'est pas du français... Mais ? Mais, oui, c'est du tagalog ! Ma poitrine se dilate sous l'effet de la joie. Ce sont eux ! Il est 1 heure du matin. Cela fait treize heures que j'attends.

Ligaya, car c'est bien elle, esquisse un geste d'incrédulité en me découvrant devant sa porte en pleine nuit. Elle se précipite vers moi et me demande depuis combien de temps je suis là. Affolée par ma réponse, elle s'inquiète ensuite de savoir si au moins j'ai mangé quelque chose. Une crampe me tord aussitôt l'estomac. La faim que je m'étais efforcée d'oublier depuis des heures se rappelle à mon bon souvenir.

Les présentations sont vite faites. Tandis qu'elle sort de son petit réfrigérateur de quoi boire et calmer ma faim, son mari m'explique rapidement leur situation. Tous deux sont employés par une société de nettoyage industriel, et leur travail se prolonge souvent après l'heure de fermeture des bureaux. De mon côté, je leur résume en quelques mots les événements qui m'ont amenée à solliciter leur aide aujourd'hui.

J'apprends ainsi par leur intermédiaire que ma mésaventure n'est pas exceptionnelle. Pas mal de Philippines ont connu des problèmes du même genre que le mien dans les pays arabes, où la place de la femme est très particulière dans la société – même pour les épouses. Par culture, celles-ci n'ont en général pas d'autre vocation que celle d'être mères, entièrement inféodées à leur mari, avec pour sphères d'intérêt la cuisine, le Coran et nombre d'obligations rituelles dictées par la tradition. Quant aux domestiques – culturellement toujours – ils appartiennent à une race inférieure ; on ne les considère pas tout à fait comme des êtres humains au sens où on l'entend ailleurs. D'une manière générale, les hommes sont mieux traités que les femmes. Pour des employées de maison, c'est la loterie, et l'on tombe plus facilement mal que bien. En revanche j'aurais effectivement pu être mieux traitée ici, à Paris, où le comportement des maîtres se calque plus aisément sur les mœurs occidentales. Je n'ai pas eu de chance, voilà tout.

La chambre de mes sauveurs est toute petite, à peine dix mètres carrés, avec un coin lavabo ; le lit occupe la majeure partie de la pièce, une petite commode sert de table, et au-dessus du réfrigérateur se trouve un combiné : plaques électriques, four à micro-ondes ; un radio-réveil, un bouquet de fleurs, une gravure, quelques cartes postales épinglées au mur complètent l'ameublement. Pour ma première nuit de liberté, je vais dormir par terre. Par chance, il y a de la moquette.

Le lendemain, je demande à ma nouvelle copine – elle ne travaille aujourd'hui qu'en fin d'après-midi – de me montrer Passy et la tour Eiffel. Je découvre enfin cette « grande dame » célèbre dans le monde entier en descendant le boulevard Delessert jusqu'à l'avenue des Nations-Unies et la place de Varsovie, au pied du Trocadéro, face au pont d'Iéna. Je peux la contempler un moment de loin, sans aucun obstacle, mais nous traverserons la Seine une autre fois. Je dois d'abord être initiée au quartier, aux commerçants de la rue de Passy, la boulangerie, la boucherie, le café, le traiteur, le grand magasin Inno, les connaître, savoir m'y rendre et apprendre aussi un minimum de mots pour me débrouiller en français. Quelle journée magnifique !

J'ai l'impression d'être en vacances et de renaître à la vie.

À l'heure du déjeuner, je descends acheter le pain – ça, au moins, je sais déjà le demander ; la baguette est chaude et croustillante, mon appétit s'éveille d'un coup si bien qu'en marchant, tout en faisant du lèche-vitrines, sans m'en rendre compte, je la dévore tout entière. Me voilà obligée de retourner en acheter une autre...

J'ai faim sans arrêt. Je redécouvre le plaisir de manger et celui de parler ma langue natale. Le vendredi passe à toute allure. Le week-end, nous nous baladons, Ligaya, son mari et moi. Cette fois, nous prenons le temps de parler sérieusement de ma situation. Ils vont m'aider à trouver un travail, mais je ne dois pas me faire d'illusion : en été, dans la capitale, c'est presque sans espoir. Soit on va chercher un emploi dans le sud de la France, soit on reste ici et il ne se passe généralement rien avant septembre.

La sagesse veut que je reste sur place. Paris compte en effet une colonie philippine très soudée, forte d'environ trente mille membres. C'est un atout non négligeable. Mais que faire en attendant ? Je ne peux tout de même pas rester comme ça à la charge de mes nouveaux amis ! Très embarrassée par cette situation, je propose à Ligaya, qui accepte, de m'occuper au moins de la cuisine et du ménage en échange de son hospitalité. Ces bases étant définies, je me sens déjà moins en porte à faux, et en dehors de mon travail je vais enfin pouvoir me promener tout à loisir dans Paris.

Les semaines suivantes sont celles d'un bel été. Je mange, je dors, je visite. À ce régime, je ne tarde pas à reprendre les kilos perdus. Je retrouve mes formes avec plaisir, ce qui n'échappe pas au mari de Ligaya. Il commence à me draguer discrètement. Je le rembarre gentiment mais fermement. Il est temps de mettre fin à cette cohabitation.

Le 15 août, je profite de Paris déserté. Les rues du quartier sont vides, livrées au soleil et au regard des rares passants. J'ai marché toute la matinée, et je suis en train de remonter l'avenue Victor-Hugo lorsque je vois arriver en face de moi une jeune femme. Certainement, vu son allure, une compatriote. Il n'y a pratiquement que nous sur le trottoir, elle me regarde et m'adresse un sourire en s'arrêtant à ma hauteur.

– Vous êtes philippine ?

– Oui ! Et vous aussi, si je ne me trompe pas.

– Exactement... Nous pourrions peut-être parler et nous voir. Tu veux bien ?

– Oui, bien sûr.

– Si tu veux, si tu as besoin, tu viens habiter chez moi. Je suis toute seule, et il y a suffisamment de place pour deux.

Nous avons tout de suite adopté le tutoiement. Elle est sympathique, elle a mon âge, elle s'appelle Mercy, elle fait des ménages dans le quartier où elle a également une chambre de bonne. Nous parlons une vingtaine de minutes en marchant. Je lui explique en quelques mots ma situation, que je suis sans travail pour le moment, et que j'aimerais bien en effet changer d'endroit parce que je gêne mes amis.

– Eh bien tu n'as qu'à venir maintenant, me dit-elle en guise de conclusion.

Je ne sais pas si c'est encore grand-mère qui, du haut du ciel, essaie de rectifier le tir pour me protéger, mais je dois reconnaître que cette proposition surprenante tombe à pic. J'accepte. Mercy m'accompagne de ce pas jusqu'à la chaussée de la Muette où je récupère mon bagage. Moins d'une heure plus tard, me voilà installée chez cette nouvelle copine. Sa chambre ressemble à s'y méprendre à celle de Ligaya, à croire que, dans ce quartier, elles ont toutes été conçues sur le même plan, par le même architecte.

Pour ne pas être en reste, j'ai décidé, là encore, de faire la cuisine et le ménage. Ensuite, après le déjeuner, je retournerai chaussée de la Muette nettoyer la pièce et préparer le repas pour Ligaya et son mari, une façon comme une autre de payer ma dette pour les trois semaines d'hospitalité qu'ils m'ont accordée sans hésiter. J'ai pu me rendre compte combien la solidarité n'était pas un vain mot dans notre communauté. « Si quelqu'un demande à être aidé, on l'aide », m'avait expliqué Ligaya. Et c'est vrai !

Ici, à Paris, je dois pouvoir m'en sortir.

*
**

Nous sommes déjà à la mi-septembre lorsqu'un jour Ligaya me signale qu'une amie lui a parlé d'un bon job pour moi, quelque chose de tranquille avec du baby-sitting et payé correctement. Seulement il faut passer par un intermédiaire qu'elle ne connaît pas personnellement. J'ai bientôt rendez-vous avec la personne en question au métro Muette. Mon contact est un homme d'une quarantaine d'années, plutôt moche, négligé, assez sale, qui dégage en outre une odeur corporelle désagréable. Me voilà bien ! J'augure mal du rendez-vous auquel il se propose de m'accompagner, seulement je ne suis pas en position de tourner les talons. J'ai besoin d'un travail, je dois aller voir.

Un homme d'une quarantaine d'années également – normal celui-là – nous reçoit dans son bureau près des Champs-Élysées. Il cherche en effet pour sa femme une baby-sitter à temps complet, une personne de confiance, afin que son épouse, journaliste, puisse reprendre son activité professionnelle rapidement. Il me questionne en anglais sur mon aptitude à m'occuper d'un bébé de trois mois. Nous parlons un moment. Mes réponses semblent le satisfaire. Seulement, là où le bât blesse, c'est pour mes papiers : ils ne sont pas en règle. Mon visa n'est plus valable. L'homme est prêt à m'engager, mais il hésite à le faire dans ces conditions. Il préférerait que je puisse régulariser la situation. Il me donne rendez-vous la semaine prochaine pour en reparler après réflexion et prendre une décision.

C'était trop beau ! Ce job semble devoir

m'échapper. En sortant de l'immeuble, je trouve le soleil beaucoup moins amical... Nous marchons sur les Champs-Élysées depuis peu lorsque mon intermédiaire, dont j'ai même oublié le parfum *sui generis* tant ma déception est grande, parle de m'offrir le cinéma pour me changer les idées. Après tout, pourquoi pas ? Je ne prête pas attention au choix du film. La séance n'est pas commencée. Nous nous installons, l'air conditionné donne à fond. J'ai presque froid. Pendant les publicités, mon voisin se penche vers moi.

– Tu sais, je suis en mesure d'arranger ton histoire de papiers. C'est faisable... Si tu veux bien habiter avec moi, ajoute-t-il dans un souffle malodorant, tu peux avoir le boulot. J'en fais mon affaire.

Je crois avoir mal entendu... Complètement interloquée, trop écœurée pour répondre, j'acquiesce d'un signe de tête comme si je réfléchissais à la proposition ; j'attends quelques secondes puis je lui indique de la main que je me rends aux toilettes. Sitôt hors de la salle, je gagne rapidement la sortie.

À l'extérieur, je respire profondément et je m'éloigne à grandes enjambées en direction de l'Arc de triomphe. Il s'agit de mettre le plus de distance possible entre le cinéma et moi. C'est tout juste si je ne cours pas.

J'ai traversé à la hauteur de l'avenue George-V et je marche plus tranquillement lorsque les larmes emplissent mes yeux. Les images se brouillent. J'éclate en sanglots, vite réprimés. Je suis presque arrivée à la hauteur de Publicis et je continue à pleurer en silence lorsqu'une petite phrase familière frappe mon oreille :

– Tu es philippine ? me demande une voix féminine en anglais.

Je tourne la tête pour découvrir mon interlocutrice, une jolie jeune femme de type asiatique. Elle est avec un homme que je prends pour un Japonais.

– Oui... Et toi ?

– Moi aussi. Je m'appelle Andrea et voici mon frère Jun...

– Je m'appelle Vilma.

– Tu as besoin d'aide ?

– Oui, non... Enfin...

Il règne sur les Champs-Élysées l'agitation des vendredis en fin de journée. Nous parlons un instant au milieu de la foule. Andrea me demande ce que je fais en France, si j'ai un travail... Je lui dis succinctement ce qu'il en est de mes espoirs déçus et de cette question embarrassante des papiers.

– Pour le baby-sitting, remarque-t-elle, les papiers ne sont pas indispensables. On devrait pouvoir t'aider à trouver ça.

Elle s'inquiète aussi de savoir si j'ai un logement et m'offre à passer le week-end chez elle où elle a donné rendez-vous à des amis philippins. Andrea travaille à l'ambassade du Pakistan et connaît beaucoup de monde. Elle me donne son adresse avenue d'Iéna, près de l'Étoile. J'accepte avec reconnaissance. Je les rejoindrai demain après-midi.

Dans le studio que l'ambassade met à la disposition d'Andrea, il y a en effet beaucoup de monde. Une dizaine de Philippins se sont retrouvés là pour faire la fête, échanger des informations, les nouvelles du pays, bavarder entre eux. On entre, on sort, on se salue, on s'embrasse, on parle avec animation de la politique sociale menée par Corazon Aquino, notre présidente, ou bien on commente interminablement le dernier match de basket...

Je suis à mon aise dans ce milieu où tout semble léger, même les choses importantes. Au fond, les gens qui sont là ne sont-ils pas réunis pour se détendre ? Andrea me présente à une compatriote qui pourrait bien avoir un travail pour moi.

– Une semaine de baby-sitting dans un château en Bretagne, ça t'irait, pour commencer ?

Pourquoi non ? La proposition est insolite, mais intéressante. Il s'agit de s'occuper du ménage et des enfants d'une famille anglaise. Ils passent une semaine de vacances, en compagnie d'autres familles, dans le château de Tony Curtis, l'acteur producteur américain amoureux de la France, bien connu dans les années soixante-dix et popularisé pour son interprétation du personnage de Dany Wilde au côté de Roger Moore, dans la série télévisée *Amicalement vôtre*. Je suis curieuse de voir à quoi ressemble la propriété d'une vedette de cinéma qui a tourné avec les plus grands et même avec Marilyn Monroe...

*
**

Quinze jours plus tard, je découvre un château de caractère dont le parc va jusqu'à la mer. Il a été aménagé en chambres et appartements d'hôtes pour accueillir dans des conditions très agréables sept ou huit familles. Mon travail me plaît. Mes patrons, un couple de Londoniens très « *british* » avec deux jeunes enfants bien élevés, occupent une suite ; j'ai moi-même une chambre de service très convenable. En comptant les autres familles, il y a une douzaine d'enfants en tout, et je me fais l'effet d'être une nurse doublée d'une gouvernante plutôt qu'une baby-sitter. La semaine passe vite. Ce sont presque des vacances, comparé à ce que j'ai connu, et je profite aussi du grand air, du charme des lieux comme de la beauté sauvage des paysages.

La vie au château revêt un caractère familial. Vu l'isolement des lieux, tout le monde a lié connaissance. Les enfants jouent ensemble et il n'est pas rare que les repas réunissent ceux qui ne sont pas en excursion. Au fil des jours, je sympathise avec une famille anglaise, un couple charmant, M. et Mme Gallowey, et leurs trois enfants, deux garçons et une fille, qui habitent dans la région parisienne. À la fin du séjour, ils me demandent un numéro de téléphone où pouvoir me joindre le cas échéant.

Une semaine plus tard, de retour à Paris, j'ai la surprise d'avoir Mme Gallowey au téléphone. En accord avec son mari, elle envisage de me proposer du travail et me fixe rendez-vous chez elle deux jours plus tard pour en discuter.

*
**

Les Gallowey ont à Nogent-sur-Marne une belle résidence avec un grand jardin. Je retrouve les enfants avec plaisir : Jonathan, Tom et Kristy – ils ont respectivement huit, six et quatre ans. Même Scroty, le gros chien de la maison, me fait la fête comme à une vieille amie. M. Gallowey me propose de me prendre à leur service pour m'occuper de la maison et des enfants ; je serai logée sur place et nourrie, et je toucherai quatre mille francs de gages. Comme il n'est pas en mesure de me proposer davantage, il est entendu que j'aurai la possibilité de faire autre chose pendant les week-ends et de prendre du temps pour moi en semaine, lorsque les enfants seront à l'école.

Cette proposition me convient tout à fait. Je donne mon accord et le lendemain je prends mon service. Ma chambre n'est pas très grande mais se révèle confortable, avec un coin toilette bien aménagé. Je retrouve avec plaisir mon indépendance et une certaine autonomie. Je travaille dans d'excellentes conditions, dans un cadre privilégié, mes patrons sont charmants, les enfants faciles à vivre et plutôt obéissants, et même le chien s'amuse avec moi lorsque je travaille au jardin.

Pour me faciliter la vie, Mme Gallowey m'a également introduite auprès de sa voisine, qui se trouve, elle aussi, à la recherche d'une aide ménagère. C'est la maison d'à côté. Un mur mitoyen sépare les deux jardins, ce qui me permet de faire des heures supplémentaires en semaine lorsque les enfants sont en classe.

Nous sommes en novembre 1984. La traversée du désert aura duré quatre mois. Heureusement qu'il y a eu tous ces nouveaux amis autour de moi. Je n'ai jamais été seule, livrée à moi-même, et depuis ma rencontre avec Ligaya je n'ai plus jamais connu la faim. Je suis en pleine forme physique et mon moral est au beau fixe. D'autant que, me semble-t-il, je suis un peu amoureuse...

Chaque fin de semaine, je reviens à Paris pour passer le week-end chez Andrea, avenue d'Iéna, et me replonger dans la chaleur de la communauté philippine. Au début le frère d'Andrea, Jun, celui que j'avais d'abord pris pour un Japonais, m'intimidait passablement. Peu à peu j'ai appris à le connaître et nous sommes devenus bons amis, jusqu'au jour où notre relation a pris un tour plus intime. Bref, maintenant, nous sommes « copains » et j'ai hâte de le retrouver le vendredi soir. Nous allons au cinéma, nous allons nous promener, nous parlons, nous rencontrons des compatriotes. Avec lui je ne vois pas le temps passer. Il me fait visiter Paris et m'apprend à trouver mon chemin dans cette grande ville où j'ai du mal à mémoriser les trajets. Et puis, surtout, il fait attention à moi. Il y a tant d'années que personne n'a fait attention à moi !

Jun travaille comme homme d'entretien chez un avocat du côté des Champs-Élysées, et il loge dans une petite chambre sous les toits, près du jardin du Luxembourg et du boulevard Saint-Michel, dans le quartier étudiant du 6e arrondissement. Nous allons nous voir ainsi pendant plus d'un an, à chaque fin de semaine. L'après-midi du samedi et celle du dimanche, nous les passons avec Andrea et ses amis.

Mes conditions de vie sont devenues très agréables et j'aime beaucoup mon travail, mais je voudrais bien aussi me rapprocher de Jun... Je m'en ouvre à ma patronne, Mme Gallowey, qui propose aussitôt de me dépanner.

– Vilma, si vous voulez travailler à Paris, je peux vous aider à trouver quelque chose, me dit-elle, à la fois amusée et complice. Nous avons des amis là-bas, je pense en particulier à une famille anglaise comme nous, avec quatre enfants à peu près de l'âge des nôtres – mais l'aînée est plus âgée –, qui cherchait quelqu'un il n'y a pas très longtemps. Je vais les appeler pour voir. De toute manière, je vous ferai toutes les recommandations nécessaires. Vous verrez, nous allons trouver !

Il y a tant de gentillesse autour de moi que je suis en train d'oublier complètement mes années de souffrance. Même Abu Dhabi n'est plus qu'un lointain souvenir.

Manille, les Philippines, des paysages enchanteurs que des milliers d'habitants, comme moi, doivent quitter pour gagner leur vie, élever leurs enfants. La route fut longue et dure…
Et puis un jour, à Paris, Alfred Sirven demande à ma fille Grace, employée chez lui, si je peux venir faire la cuisine, le week-end, pour ses invités…

Lac de Côme, 1996.
Ça s'est fait simplement… Alfred me fait visiter l'Europe.
Je savoure un bonheur inespéré, un amour calme et profond
qui ne se pose pas de questions.

Cebu-Shangrella Hotel (Philippines), août 1997. Le début des « grandes vacances »… Alfred est venu me retrouver. Je ne le sais pas encore, mais sa cavale a déjà commencé…

9 décembre 1999, jour de mon anniversaire. Le dernier que nous célébrerons : après, la pression deviendra trop forte…

Un agent du NBI exhibe nos photos :
WANTED !

Tagaytay : le dernier été. La cabane où nous aimions nous reposer. Quelques mois plus tard, le 2 février 2001, cinquante policiers envahissaient le jardin.

Trois semaines après l’arrestation, je sors de ma retraite.
Dans une petite chapelle de Manille, je peux prier en paix
pour l’homme de ma vie.

Première lettre au prisonnier. Une lettre d’amour.
Elle sera publiée dans *Le Figaro Magazine*.
Alfred n’avait encore le droit de lire que les journaux.

Dans ma maison de Quezon City…

… la vie revient avec mes quatre enfants : *(de gauche à droite)*
Oddeth, Rafael Junior, Wilnard et Grace…

… et cinq de mes huit petits-enfants :
ici avec Van Ralph, Liann, Rafael 3, Aïka et Sydney.

Grâce à l'amour de ma famille, je me reconstruis. Ici, *(de gauche à droite)* Ronnie, le mari de ma fille Oddeth, mon fils Wilnard, Roberto, ma sœur Cerila et ma petite-fille Liann, Oddeth, mon petit-fils Van Ralph et Glenda, la femme de Rafael Junior, m'entourent pour une sortie en mer.

Le travail étant pour moi le meilleur remède, je remonte une petite affaire de sacs plastique avec trois de mes enfants.

À la maison d'arrêt de la Santé, à Paris, un paparazzi a saisi un retour de promenade du prisonnier.

Vienne, octobre 2003.
Le délibéré va être rendu en novembre.
Alfred ne veut pas que je sois là.
Avant de repartir aux Philippines, j'ai voulu remettre mes pas dans nos pas buissonniers.

13 mai 2004. 20 h 35. Après trois ans et trois mois de détention, les portes se sont ouvertes… en attendant l'échéance du procès d'octobre 2004 pour Alfred Sirven.

Samedi 26 juin 2004, à Deauville, dans la plus stricte intimité,
sous l'œil de ma meilleure amie Lorna, mon témoin,
je suis devenue Mme Sirven.

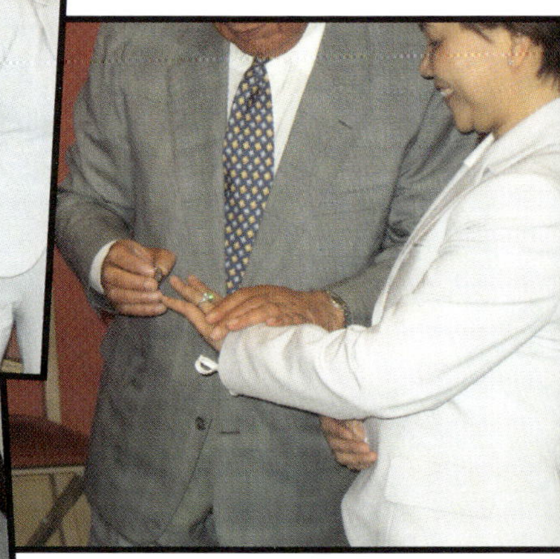

Les amis auxquels pense ma patronne recherchent bien quelqu'un, en effet. Et vu la chaleureuse recommandation de Mme Gallowey, je suis invitée à me présenter quelques jours plus tard.

Je rencontre Mme Hooke un samedi, à Paris, dans son appartement de l'avenue Rapp. Elle me demande bien entendu pour quelle raison je désire quitter mon service chez les Gallowey, ce qui m'amène à lui parler de ma relation avec Jun.

– Chez qui travaille ce garçon ? me demande-t-elle en souriant.

Je lui donne le nom de l'avocat et elle éclate de rire.

– C'est trop drôle ! Le monde est petit. Figurez-vous que c'est un ami de mon mari, et aussi l'avocat de sa société... Cette anecdote va beaucoup l'amuser. Si vous voulez bien, je vais m'entendre directement avec Mme Gallowey pour fixer d'un commun accord la date à laquelle vous pourrez commencer votre service ici. Mme Gallowey vous tiendra elle-même au courant. Seulement il faudra vous débrouiller pour trouver une chambre vous-même dans le quartier, car nous ne sommes pas en mesure de vous loger sur place. Bien entendu, nous en tiendrons compte dans le montant de vos gages...

*
**

Grâce à la compréhension de ma patronne, je redeviens parisienne le 1er août 1986. Je viens de passer dix-neuf mois avec la famille Gallowey. Ils m'ont permis de me reconstruire et de retrouver l'estime de moi-même. Je n'ai que de bons souvenirs avec eux. Vivre au contact de gens aisés et néanmoins charmants m'a aussi permis de voir les choses avec plus d'optimisme.

Avec les Hooke je découvre encore un milieu différent. Pour ce qu'il m'est donné d'en juger, ce sont des entrepreneurs fortunés qui n'hésitent pas à investir dans différents domaines – ils possèdent d'ailleurs un bar américain derrière les Champs-Élysées – et aiment bien bouger.

On m'a tout de suite considérée comme un membre de la famille et l'on m'a fait entièrement confiance. Je fais tout dans la maison, les courses, la nourriture, j'achète les vêtements des enfants, quelquefois même je joue au plombier ou à l'électricien (merci grand-mère !) si quelque chose ne va pas. Les enfants sont adorables avec moi et je le leur rends bien. L'aînée a quatorze ans – l'âge de ma fille Grace –, les deux garçons ont neuf ans et huit ans, et la petite dernière a trois ans. Ils me disent que je suis leur seconde maman. S'occuper d'eux est un plaisir. Ils me font aussi beaucoup penser à mes propres enfants qui commencent à me manquer très fort, malgré les coups de fil hebdomadaires que je n'ai jamais cessé de passer. Je parle à chacun d'eux, et je suis au courant de tout ce qui les concerne, par leur intermédiaire et par celui de Bessie. Je vais heureusement avoir la joie de les revoir plus tôt que je ne pouvais l'espérer.

Les Hooke ont l'habitude de prendre leurs vacances à l'étranger et veulent que je les accompagne partout. Seulement mes papiers ne sont toujours pas en règle. Pour mettre la situation au clair, il faut que je retourne aux Philippines, le temps d'obtenir un visa pour la France en bonne et due forme. Qu'à cela ne tienne ! Un parent de ma patronne travaillant à l'ambassade de France à Bangkok, Mme Hooke demande à celui-ci de préparer mon dossier avec son homologue à Manille.

Pendant ce temps, j'ai trouvé une petite chambre square Latour-Maubourg, où j'emménage un mois après avoir pris mon travail. Me voici complètement chez moi et vraiment indépendante puisque, cette fois, je paie moi-même mon loyer. La roue a tourné. Non seulement j'envoie suffisamment d'argent pour subvenir aux besoins de mes enfants, mais je commence à faire des économies.

*
**

À la fin de l'hiver 1987, je suis dans l'avion pour Manille. Je vais y rester exactement vingt et un jours, le temps d'obtenir mon visa et de régulariser ma situation auprès de l'ambassade, grâce aux bons soins de ma patronne.

En arrivant là-bas, après les retrouvailles interminables et les embrassades dans des larmes de joie, j'ai appelé Rafael, mon mari – je devrais dire le père de mes enfants –, toujours insouciant, pour apprendre qu'il vivait ouvertement avec une autre femme et qu'ils avaient un bébé...

– Rafael, n'ai-je pu m'empêcher de lui dire, il faut que tu choisisses, au moins une fois dans ton existence, entre notre famille et cette autre femme. Je suis toujours disposée à reprendre la vie commune, seulement si tu dois avoir un deuxième enfant avec cette femme ou avec une autre, cette fois c'est vraiment terminé !

C'est vrai, malgré ma relation avec Jun, j'étais prête à rester avec mon mari à cause de nos enfants, pour essayer, encore et toujours, de construire cette tribu soudée dont l'obsession, chez moi, ne faiblissait pas. Je sais, je suis incorrigible ! Ce n'était pas par amour pour cet homme, mais bien par amour de la famille.

Quoi qu'il en soit, je lui laissais le temps de la réflexion puisque je repartais en France pour mon travail. Quelle que soit la décision de mon mari – en prendrait-il une de lui-même ? –, dans tous les cas il me fallait économiser suffisamment d'argent pour faire opérer Rafael junior. Or ce n'était pas aux Philippines que j'y parviendrais. Pour rien au monde je ne voulais laisser mon fils handicapé à vie.

*
**

Je retrouve Paris comme on retrouve une deuxième patrie et son deuxième foyer. On m'accueille comme une parente partie depuis trop longtemps.

À présent que je suis en règle je fais avec les Hooke, au fil des années, la découverte de Majorque et de l'Espagne, de l'Italie et de l'Angleterre, leur pays natal où ils retournent régulièrement. Quand les garçons vont au bowling je joue avec eux, à l'heure de Wimbledon je suis sur les gradins avec toute la famille, à celle du cinéma nous occupons sept fauteuils sur une rangée ; nous sommes également sept à table au restaurant.

Cette vie à laquelle je n'aurais même pas osé rêver va se poursuivre jusqu'en juin 1995, lorsque les Hooke vont rentrer définitivement en Angleterre où ils ont tout le personnel nécessaire. Nous nous séparons, des larmes plein les yeux. Éloïse a vingt-trois ans, et la petite Jessie vient d'en avoir douze..

Grâce à la chaîne de vraie fraternité dont Ligaya m'a tendu le premier maillon, je viens de passer avec ces gens exceptionnels neuf années que je n'oublierai jamais ; neuf années durant lesquelles il s'est produit beaucoup de petites et de grandes choses au quotidien.

En 1990, au bout de six ans, Jun et moi nous nous sommes séparés. Notre relation connaissait des hauts et des bas. Il était devenu difficile d'envisager quelque chose de vraiment durable ensemble. Nous avions nos souvenirs, et c'était déjà un beau cadeau.

Par la suite j'ai rencontré Tobias, le patron d'une affaire philippine à Paris, au cours d'une fête mémorable de notre communauté à l'occasion du nouvel an. Tobias était sociable, très drôle, il me faisait rire et, c'est bien connu, quand on sait faire rire les filles, on devient souvent leur ami. Oui, Tobias est devenu mon copain pendant deux petits mois, ensuite il a été muté et il est rentré au pays. Mais grâce à lui j'ai fait la connaissance de Lorna, qui est encore aujourd'hui ma meilleure amie.

Lorna était sa collaboratrice à son bureau des Champs-Élysées. Elle avait toute la journée les clients au téléphone, et c'était moi que Tobias emmenait déjeuner au restaurant en me présentant à ses invités comme « Lorna », la fidèle adjointe dont ils ne connaissaient que la voix... Un jour, j'ai voulu voir à quoi ressemblait cette « perle » dont je n'entendais dire que du bien. De son côté Lorna, agacée de s'entendre répéter « Comment allez-vous depuis le déjeuner de l'autre jour ? », voulait à tout prix savoir quelle tête pouvait avoir la fille que l'on faisait passer pour elle. Nous nous sommes rencontrées et nous avons éclaté de rire.

Enfin, il y a eu Grace, ma fille aînée, qui est venue à Paris pour la première fois en 1992, puis en 1994. Nous avons passé de très bons moments ensemble, des moments de vraie complicité – mais je vais y revenir. C'est elle qui a travaillé pour Mme Sirven, et c'est par son intermédiaire, sans que rien ne puisse le laisser prévoir, qu'un terrible jour de deuil j'ai croisé pour la première fois Alfred Sirven.

VI

À la croisée des chemins

Depuis mon départ des Philippines pour Abu Dhabi, je pensais à mes enfants continuellement. Je vivais par eux et pour eux. Ils m'avaient offert en venant au monde les quatre plus beaux jours de ma vie ; les quitter avait été un arrachement. Je n'allais plus les voir grandir durant ces quelques années déterminantes où les personnalités se forment, où les physionomies et les morphologies changent de mois en mois. Heureusement leurs petites voix au téléphone, chaque semaine, me donnaient la force de continuer et de surmonter mes propres difficultés. Grâce à mes enfants, j'avais un but dans l'existence dont rien ne me ferait dévier.

Les trois semaines passées à Manille pour l'obtention de mon visa, en 1987, avaient renforcé mon désir de faire venir au moins une fois Grace à Paris, lorsqu'elle serait assez grande. Ce serait une manière de la récompenser pour s'être occupée aussi bien de ses frères et sœurs pendant ma longue absence.

J'avais économisé l'argent du voyage et, en 1992, l'année de ses dix-huit ans, je mis mon projet à exécution : ma fille aînée allait venir passer une partie de l'été avec moi dans la Ville lumière. Elle avait treize ans la dernière fois où je l'avais serrée dans mes bras, c'est une femme que j'accueillis à l'aéroport au mois d'août.

Nous vîmes à peine passer les douze semaines auxquelles son visa de touriste lui donnait droit. Les week-ends je lui faisais découvrir Paris et rencontrer mes amis philippins ; en semaine elle m'aidait un peu dans mon travail et, surtout, elle me gâtait en cuisinant pour moi.

– Maman, tu t'occupes tout le temps des autres, alors laisse-moi un peu m'occuper de toi. Tu veux bien ?

Elle m'avait dit cela avec un air d'autorité souriante auquel je pouvais difficilement résister, tant elle mettait de joie et d'affection dans sa proposition. Et pendant ces trois mois, je l'avoue sans honte, je me suis laissé chouchouter avec délices par Grace. C'était une autre façon pour elle de me dire « je t'aime », et j'avais autant besoin de l'entendre que de le lui dire moi-même. C'était ma fille, mais nous vivions comme deux sœurs complices.

Grâce à ce séjour, je compris d'autant mieux combien j'avais eu raison de tout sacrifier pour mes enfants, la meilleure part de mon être. Grace m'a longuement parlé de ses frères et de sa sœur cadette, me racontant tout ce qui s'était passé durant ces cinq années, les joies, les peines – grandes ou petites –, tout ce à quoi je n'avais pu assister, meublant ainsi en partie le vide douloureux creusé par l'absence. Mais au moins mes petits n'avaient pas manqué de l'essentiel et je continuais d'assurer leur avenir.

Les adieux furent pénibles, les semaines qui suivirent aussi. Bien sûr je retrouvais Grace au téléphone une voire deux fois chaque semaine. Un lien nouveau s'était concrétisé entre nous, entre la mère et la fille, entre Paris et Manille, qui faisait nos contacts plus vivants, plus intimes aussi. Je me rendis compte bien vite que ma belle Grace était aussi sous le charme de la capitale et qu'elle n'aurait de cesse d'y revenir.

– Maman, j'ai envie de retourner à Paris, me disait-elle souvent, je pourrais y travailler comme toi deux ou trois ans. Qu'en penses-tu ?

– J'ai envie de t'avoir près de moi, et si c'est ce que tu souhaites aussi je vais m'en occuper, ma chérie. Seulement cela demande un peu de patience. La prochaine fois, tu le sais, ce sera plus difficile. Et il faut d'abord que je gagne l'argent nécessaire.

Plus difficile, ce devait l'être en effet, car passé l'âge de dix-huit ans l'ambassade de France à Manille n'accordait pas de visas supérieurs à trois mois, sauf si vous étiez mariée avec un Français ou en possession d'un contrat de travail. Il s'agissait de contrer les tentatives d'immigration clandestine.

Pour faire venir Grace, qui ne pouvait évidemment

pas revendiquer un contrat de travail[1] en bonne et due forme ni un mari français, il fallait trouver un moyen légal de la faire entrer dans l'Hexagone par un pays limitrophe avec lequel la question du visa ne se posait pas.

Je confiai mon problème à une agence de voyages à Manille qui se chargeait de tout, y compris des visas qu'elle traitait elle-même avec les ambassades concernées. Elle organisait un circuit européen de plus d'un mois, via la Norvège et la Finlande, avant d'arriver en Belgique. Après quoi on pouvait prendre un billet pour Paris dans un tour opérateur local, et enfin pénétrer en France. C'était un des rares moyens fiables pour tourner l'obstacle. Bien entendu l'importance du périple, sa durée, la prise en charge des formalités administratives et des visas se retrouvaient dans le prix. Il atteignait à l'époque deux cent mille pesos, quarante mille francs français (un peu plus de six mille euros), une véritable fortune pour moi. Il allait me falloir deux années de travail, avec des extra les samedis et beaucoup d'autres heures supplémentaires pour réunir la somme en question.

*
**

Grace est arrivée à Paris en août 1994, presque deux ans jour pour jour après sa première visite. Elle

1. Dans la pratique, une carte de résident est nécessaire pour obtenir un permis de travail, mais il est difficile d'obtenir une carte de résident sans produire un contrat de travail...

était accompagnée par un garçon qui la couvait du regard et dont elle semblait également éprise. Il s'appelait Rener. Il avait préparé le voyage de ma fille pour le compte de l'agence où il travaillait à Manille et avait été chargé d'escorter les touristes tout au long du circuit. Pendant le long périple, Grace et lui étaient tombés amoureux l'un de l'autre. Rener avait accompagné ma fille en Norvège, en Finlande et en Belgique, où ils avaient séjourné deux semaines avant de prendre un billet pour Disneyland, une excellente opportunité pour entrer en France légalement.

J'ai donc récupéré Grace entre Donald et Mickey tandis que Rener – il allait bientôt devenir mon gendre – retournait (provisoirement) aux Philippines via Bruxelles.

De mon côté, ayant dû quitter ma chambre – les propriétaires désiraient vendre –, je venais d'emménager en rez-de-chaussée, boulevard Latour-Maubourg, à deux pas de mon ancienne adresse. La pièce était plus vaste et plus pratique pour accueillir Grace. Je devais cette bonne fortune à l'une des amies de mes patrons, Adès. Ils lui avaient parlé de moi en termes élogieux, ce qui, paraît-il, l'avait décidée à me faire cette proposition. La chance était avec moi !

Grace ne resta pas plus d'une semaine inoccupée. Dès son arrivée, elle prit l'habitude de fréquenter assidûment l'Église du Christ de la rue François-Ier, dans le quartier des Champs-Élysées et de l'avenue

George-V, où elle noua aussitôt des relations avec un groupe de Philippins. Une des Philippines lui proposa presque aussitôt un travail à mi-temps dans une famille libanaise. Il s'agissait de préparer la cuisine, de s'occuper de la maison – ménage et repassage – et de prendre soin d'un bébé de deux mois. Dans la pratique le travail était très dur car elle devait tout faire – ou presque – avec le bébé dans les bras, tellement ce dernier avait l'habitude de pleurnicher dès qu'on le laissait seul. Grace mettait à profit les moments où il s'endormait pour abattre un maximum de besogne. Mais dès le réveil du nouveau-né elle préférait se débrouiller en le portant, de crainte que les cris et les pleurs ne laissent croire aux voisins qu'il y avait là un enfant maltraité, et que quelqu'un alerte la police...

Ma fille s'ouvrit de ses difficultés à la personne qui lui avait procuré cette place. Celle-ci promit de lui trouver autre chose. Un peu plus de trois mois plus tard, elle la mit en relation avec Cerila, une Philippine de Manille qui devait bientôt retourner au pays. Elle avait des problèmes de famille et ses papiers n'étaient pas en règle. Or les plus hautes instances de l'Église du Christ n'aimaient pas que les fidèles soient en situation irrégulière, et Cerila retournait aux Philippines sur ordre de l'évêque. Ni plus ni moins.

Ma fille la rencontra pour lui parler de la place à reprendre. Elle fut ensuite présentée à son futur employeur qui l'agréa sans difficulté après l'entretien d'usage. Deux semaines plus tard, le jour du départ de Cerila, Grace prenait son service chez M. et Mme Sirven, à côté de la rue Marbeuf et des Champs-Élysées.

*
**

En novembre 1994, faut-il le rappeler, l'affaire Elf n'existe pas. Elle commencera – discrètement – neuf mois plus tard, en août 1995, avec la plainte déposée par Philippe Jaffré, le successeur de Loïk Le Floch-Prigent à la tête du groupe pétrolier. Alfred Sirven quant à lui sera convoqué une première fois comme témoin par le juge Eva Joly l'année suivante, en août 1996, après que l'ex-PDG eut été écroué. Si j'en crois la chronologie tirée des articles de presse dont j'ai pris connaissance bien malgré moi après l'arrestation d'Alfred Sirven, un premier mandat d'arrêt sera émis à son encontre en mai 1997 ; c'est seulement à ce moment-là que son nom apparaîtra dans la presse française et internationale, et que l'on parlera de lui comme du numéro deux d'Elf Aquitaine.

Pour Grace, les Sirven sont des gens riches mais des patrons comme les autres. Lui passe son temps, pour ses affaires, entre ses bureaux parisiens de la rue Marbeuf et Genève, où il séjourne en moyenne trois ou quatre jours par semaine, tandis que Mme Sirven reste à Paris et surtout à Chantilly où Grace l'accompagnera seulement à deux reprises. Les Sirven y possèdent un appartement. Ils ont aussi une propriété en

Indre-et-Loire, non loin de Chinon, à Detilly, petit hameau près de Beaumont-en-Véron, dont s'occupe un couple de gardiens. Grace, qui a été engagée pour prendre en charge le domicile parisien, n'aura d'ailleurs jamais l'occasion de se rendre là-bas autrement qu'invitée pour s'y reposer un week-end de temps à autre. « Mon boss est chouette ! » me répétera-t-elle souvent.

Son travail lui plaît tout de suite beaucoup. Ses patrons sont sympathiques et faciles à vivre. M. Sirven distribue généreusement les pourboires et se montre courtois, tout comme sa femme Évelyne. Quand ils sont tous les deux à Paris, ma fille prend son service à 8 heures, pour le petit déjeuner. Elle commence à 10 h 30 lorsque Mme Sirven est seule ou quand elle réside à Chantilly. Il se dégage une grande simplicité de cette femme élégante qui est maintenant atteinte d'un cancer. Sa maladie, qu'elle prend avec philosophie, lui confère une immense douceur. Grace a très à cœur de lui venir en aide, de contribuer à la soigner et à veiller sur elle.

Ma fille m'a parlé avec chaleur de sa patronne et j'ai eu envie de la rencontrer. De son côté, Grace souhaitait présenter sa mère à Mme Sirven. Les choses se sont faites simplement courant décembre, un jour où j'accompagnais ma fille.

– Maman, je te présente ma patronne, Mme Sirven... Madame, voici ma mère, Vilma Medina...

C'était en effet une grande belle femme, la soixantaine élégante, cheveux châtains, vêtue avec recherche et discrétion. Elle m'a serré la main en me regardant avec amabilité et fait des compliments au sujet de Grace. C'est la seule fois où il m'a été donné d'échanger quelques propos avec elle. Pourtant, une semaine après ma visite – nous étions juste avant Noël –, ma fille arriva à la maison toute joyeuse :

– Maman, j'ai quelque chose pour toi... de ma part et de la part de ma patronne ! « Ça », me dit-elle en me tendant un assez gros paquet tandis qu'elle dissimulait son autre main derrière le dos, c'est de sa part – fais attention, c'est fragile et c'est lourd ! – et « ça », c'est de la mienne, ajouta-t-elle en me tendant un magnifique bouquet de fleurs sauvages comme je les aime.

Le paquet, au chiffre d'une grande maison, contenait un très beau vase en cristal, le premier et le seul objet de luxe qui entra jamais dans mon mini-studio. Cette attention délicate me touchait beaucoup, cette dame avait trouvé ce moyen pour me témoigner la sympathie qu'elle portait à ma fille.

Je la reverrai les larmes aux yeux, quelques semaines plus tard, courant janvier. Ou plus exactement je verrai le linge recouvrant son corps, lorsque les pompiers emporteront la dépouille sur une civière.

*
**

L'année 1995 avait pourtant bien commencé. Avec Grace, nous avions fêté le nouvel an au sein d'un des groupes de notre communauté philippine. Nous nous étions bien amusées, nous avions beaucoup ri. J'étais alors à mille lieues d'imaginer combien le décès brutal d'Évelyne Sirven allait infléchir ma vie et la bouleverser progressivement, au point d'en changer à jamais le cours.

Ce jour-là, je suis en train de préparer le déjeuner pour la famille Hooke. Il est 13 heures lorsque Grace m'appelle effondrée, complètement désemparée : dans la matinée, elle a trouvé sa patronne morte. Maintenant, la police, les pompiers et le médecin sont dans l'appartement. M. Sirven n'est pas encore arrivé de Genève. Est-ce que je peux venir l'assister ?

Mme Hooke me facilite les choses pour que je puisse partir au plus tôt rejoindre ma fille qui en la circonstance a vraiment besoin de moi. Lorsque j'arrive sur place, à 14 heures, il y a toujours beaucoup de monde au salon. La chambre est encore interdite et gardée par un policier. Je rejoins Grace à la cuisine où, toujours très choquée, ma petite me résume la matinée, autant pour me dire ce qui s'est passé que pour exorciser sa peur.

Elle est arrivée à 10 h 30. Il y avait de la lumière dans la chambre de Mme Sirven dont la porte n'était pas complètement fermée. Elle a pensé que sa patronne avait oublié d'éteindre ou qu'elle était encore en train de se reposer, les persiennes n'étant pas ouvertes. Si bien qu'elle n'est pas entrée tout de suite. Elle a profité de cette « grasse matinée » pour faire les courses chez le traiteur voisin où

Mme Sirven avait ses habitudes, et pour confectionner tranquillement les sandwichs prévus pour le déjeuner.

Un quart d'heure après, elle est de retour et prépare le plateau avec les sandwichs et la boisson. Il est à présent 11 heures. C'est normalement l'heure où elle doit faire la chambre. La lumière est toujours allumée dans la pièce, Grace pense cette fois que sa patronne est dans la salle de bains – d'ailleurs en poussant la porte elle voit le lit vide et la couverture roulée sur le côté. Elle va pour ouvrir les persiennes lorsqu'elle découvre Mme Sirven étendue, nue, sur la moquette, entre le lit et la fenêtre. Elle se précipite. Le corps est glacé et la peau a déjà commencé à changer de couleur.

Sans même prendre le temps d'enfiler son manteau pour se protéger du froid, Grace court au bureau de M. Sirven, rue Marbeuf, pour demander du secours à la secrétaire de son patron.

– Béatrice, Béatrice, Madame est morte ! Vite ! Il faut prévenir Monsieur et appeler son médecin...

La secrétaire a fait le nécessaire. Elle a réussi à joindre le chauffeur à Genève : M. Sirven l'a rappelée dans la minute. Béatrice a ensuite raccompagné Grace à l'appartement pour attendre l'arrivée des pompiers, du médecin et de la police. Ma fille était seule lorsqu'elle a trouvé le corps, elle n'a donc plus le droit de sortir ni de téléphoner pendant le temps où l'on procède aux diverses investigations. C'est la secrétaire qui, vers 13 heures, a demandé pour Grace, à l'inspecteur de police, l'autorisation de m'appeler.

Alfred Sirven a pris le premier avion. Il arrive à son domicile à 16 heures. On attendra qu'il soit présent pour enlever le corps. Après avoir parlé avec les policiers et avec le médecin, il est venu dans la cuisine voir Grace, toujours en larmes. Il l'a embrassée, m'a vue, et ma fille a fait les présentations. Ensuite M. Sirven a entrepris de réconforter Grace en lui assurant qu'elle n'était pour rien dans ce qui venait de se produire. Il avait appelé sa femme dans la nuit et ils avaient parlé un long moment ensemble. Elle avait dû mourir peu après avoir raccroché. De toute façon, il y avait plusieurs heures qu'elle était décédée lorsque Grace l'avait trouvée le matin. Ce n'était pas sa faute. Depuis deux semaines la santé de sa femme s'était dégradée. Pour cette raison il était resté près d'elle à Paris pendant ce temps et avait hésité à partir pour Genève la veille au soir...

J'avais devant moi un homme très éprouvé par ce deuil soudain, mais suffisamment maître de lui pour rester attentif aux autres. Il remercia Grace pour ce qu'elle avait fait, pour les soins dont elle avait entouré sa femme, et lui demanda de bien vouloir continuer son service si elle en avait toujours le désir, car il n'y avait rien de changé pour elle.

C'est dans ces circonstances très particulières et très douloureuses que j'ai fait la connaissance d'Alfred Sirven. Avec le recul, je ne peux m'empêcher d'observer aujourd'hui qu'à deux reprises mon destin a basculé en semblables circonstances. J'ai rencontré Rafael lors d'une veillée mortuaire, et l'homme de ma vie en plein drame de veuvage.

La coïncidence s'arrête là. Il serait stupide et malvenu d'alléguer que cette rencontre portait en germe le sentiment qui devait éclore de part et d'autre des mois plus tard.

*
**

– Grace, penses-tu que ta mère puisse se débrouiller en cuisine pour préparer un déjeuner et un dîner pour quatre personnes le week-end ? Je reçois à la campagne, pour affaires, des gens que je ne veux pas emmener au restaurant, aussi j'aurais besoin de quelqu'un. Qu'en penses-tu ?

– Ma mère sait tout faire, mais la cuisine c'est sa spécialité. Voulez-vous que je lui pose la question ?

– Tu lui demandes ! Si elle est d'accord, dis-lui que j'aimerais la voir pour en parler samedi prochain, à midi.

J'ai autorisé Grace à s'engager pour moi. Nous étions au mois de mai 1995. Cette proposition tombait bien, j'étais libre de faire des extra le week-end ; je pensais toujours à l'opération de mon fils, et je savais que M. Sirven payait bien.

Pour le rendez-vous du samedi, je ne me suis pas mise en frais de toilette. Un jean troué comme le veut la mode décontractée de l'époque, et un tee-shirt blanc Petit Bateau font aussi bien l'affaire sept jours sur sept. Ma fille porte habituellement une robe longue et un blouson, mais pour ma part j'ai renoncé aux robes et aux jupes depuis que j'ai quitté les Philippines. Là-bas, c'est différent : une femme n'entre pas dans une église en pantalon. Il en va d'ailleurs de même à Paris, à l'Église du Christ que fréquente assidûment Grace, mais moi je n'y vais pas. Et puis je n'aime pas les couleurs vives. Je suis très classique dans mes goûts, avec une préférence marquée pour le beige, le blanc, et le gris s'agissant des gilets. Seulement lorsque M. Sirven m'ouvre la porte en costume, chemise et cravate bleus, je me demande brusquement si je n'aurais pas mieux fait de m'habiller autrement. Trop tard !

J'ai devant moi un homme d'un certain âge, très élégant, très distingué, bâti en force, quelqu'un dont le physique m'impressionne. Cette fois, je prends le temps de le détailler à la sauvette pendant qu'il me montre rapidement l'appartement. C'est un grand cinq pièces assez moderne au cinquième étage d'un bel immeuble tranquille, à deux pas des Champs-Élysées ; il y a les deux chambres de plain-pied entrevues en janvier dernier, le salon, la cuisine que je connais déjà, une autre chambre à l'étage en mezzanine, et les salles de bains. Le décor est à la fois luxueux et chaleureux. L'empreinte mise par Mme Sirven est sensible partout.

– Venez, nous allons parler en déjeunant, me dit Alfred Sirven en terminant la visite des lieux.

Et il m'entraîne dehors...

Sur le moment, j'ai un peu honte d'être habillée aussi simplement, mais tout de suite après la fierté de me trouver en compagnie d'un homme aussi élégant l'emporte. Et puis je suis heureuse d'aller dans un bon restaurant.

– Grace vous a dit ce que je cherchais, commence mon hôte – toujours en anglais – une fois que nous sommes attablés. Elle m'a également affirmé que la cuisine était votre spécialité. Alors que pouvez-vous me dire au juste ?

Sur ce terrain, j'étais très à l'aise pour lui répondre. Je connaissais bien la cuisine chinoise, française, philippine et juive. J'avais été une élève attentive de ma grand-mère ; j'aimais cuisiner, j'aimais les bonnes choses et comme je n'avais pas cessé de mettre en pratique mes talents au quotidien depuis plus de dix ans, je possédais une solide expérience.

Au fur et à mesure de mes explications, je m'apercevais qu'Alfred Sirven s'y connaissait au moins autant que moi en cuisine. J'avais affaire à un vrai gourmet, et une complicité s'installait entre nous par ce biais. Il n'y avait pas de doute, j'étais en train de réussir la première partie de mon examen de passage.

Pendant tout le déjeuner, M. Sirven me soumit à un flot roulant de questions. Il voulait tout savoir de moi, où j'étais née, ce que j'avais fait, qui était mon mari, son travail, combien j'avais d'enfants, ce qu'ils faisaient, pour quelle raison j'avais quitté Manille, depuis quand j'étais à Paris, où je travaillais, combien me payait mon employeur, si j'avais des papiers en règle, etc. Bref, je dus lui raconter ma vie par le détail, ce qui ne faisait pas partie de mes intentions initiales. Seulement, autant il posait de questions, autant il m'écoutait vraiment avec une attention soutenue. Je ne comprenais pas pourquoi, mais ce que je lui racontais semblait l'intéresser.

Vers la fin du repas, il me dit quelque chose de surprenant.

– Vous savez ce que je vois dans vos yeux ? Eh bien, il y a une demande d'aide. Alors je vais vous aider... Samedi prochain, vous venez à Detilly faire la cuisine. Il y aura le dîner à préparer et dimanche le déjeuner pour quatre personnes. Vous pourrez repartir dans l'après-midi. Je vous enverrai votre billet, et le chauffeur viendra vous chercher à la gare... Avez-vous votre passeport ? Il faudra me l'apporter au bureau.

Il était 15 heures lorsque nous nous sommes levés de table. À mon grand étonnement, j'éprouvais les pires difficultés à maintenir mon équilibre. Moi qui n'avais pas l'habitude, j'avais bu sans m'en rendre compte du champagne, du vin blanc, du vin rouge et un calvados pour terminer cet excellent repas, et j'étais complètement partie. À mon corps défendant, je dirais que nous avions vraiment beaucoup bu, ce qui ne semblait pas affecter Alfred Sirven le moins du monde. Il eut un sourire en me prenant le bras.

– Vilma, je dois aller au bureau maintenant, mais

vous allez venir vous reposer à la maison. Je vous accompagne.

Je dus reconnaître que c'était la meilleure chose à faire. Je me laissai conduire à l'appartement et jusqu'à la chambre de la mezzanine. Je m'écroulai sur le lit avec reconnaissance. Heureusement que je ne travaillais pas ce jour-là !

– Ne vous inquiétez pas, me dit le patron de ma fille, ça va passer en dormant. Prenez votre temps, personne ne vous dérangera. Vous n'aurez qu'à tirer la porte en partant.

Je ne l'entendis pas sortir, je dormais déjà.

Je me réveillai deux heures plus tard beaucoup plus dispose et tout à fait capable de rentrer chez moi normalement. Le silence régnait dans l'appartement. J'étouffai un petit rire en me regardant dans une glace. Pour une prise de contact, c'était réussi ! Cependant il y avait tant de gentillesse chez cet homme que je ne me sentais pas honteuse, tout juste confuse. Je ne doutais pas un instant qu'il puisse se montrer parfois inflexible, mais cette autre face de lui-même que j'avais découverte aujourd'hui était tout aussi vraie.

Au travers de ce que m'en avait dit ma fille, je m'étais fait une idée assez neutre du personnage. Quelqu'un de sympathique, de courtois et de généreux, mais je n'avais pas perçu la force et l'humanité qui émanaient en même temps de sa personne.

Le lundi, je passai au bureau de la rue Marbeuf pour lui apporter mon passeport.

– Hello, Vilma ! Asseyez-vous... Je suis débordé, mais je vais m'occuper de vous dans un moment, me dit-il en me désignant un fauteuil.

Le temps passait et Alfred Sirven était toujours au téléphone. Il semblait avoir complètement oublié que moi aussi j'avais un travail. Je regardais ma montre, ma patronne allait bientôt se demander où j'étais passée. J'attendis encore une dizaine de minutes avant de me lever et de lui faire signe.

– Il faut que je m'en aille, j'ai mon travail...

– OK, Vilma ! À bientôt, me glissa-t-il en me tendant la main par-dessus le bureau, le téléphone toujours collé à l'oreille.

Le lendemain, il demanda à Grace de me faire penser à lui amener mon passeport... Dans le courant de la semaine, je le lui apportai et il en fit une photocopie.

Le samedi suivant, le chauffeur m'attendait à la descente du train pour me conduire à Detilly. Ce n'était pas un « château » à proprement parler, mais plutôt une belle propriété comme on en voit beaucoup, paraît-il, en Touraine, avec un parc de trois hectares, une bergerie et une roseraie magnifique. On avait même aménagé une aire d'atterrissage pour hélicoptères sur la pelouse. Le cadre était enchanteur, il respirait la paix et un certain art de vivre. Ma chambre était grande, lumineuse, on ne peut plus agréable. Le temps de poser mon sac et je me dirigeai vers l'office.

Il y avait dans la cuisine tout ce que l'on pouvait espérer y trouver. Je m'étais entretenue du menu par téléphone et les courses avaient été faites en conséquence. Je me mis aux fourneaux.

Le soir, je partageai le repas du couple de gardiens, sans pouvoir communiquer avec eux autrement que par gestes car ils ne parlaient pas anglais et mon français demeurait balbutiant.

Le lendemain M. Sirven avait trois hommes à sa table, qui étaient arrivés dans la matinée. Dans le courant de l'après-midi, le chauffeur me raccompagna au train. Je rentrai à la maison en fin de journée. C'était un bon week-end, j'avais bien gagné ma vie et les conditions de travail étaient très sympathiques.

M. Sirven se montra satisfait de mes talents culinaires comme du service. Il me demanda de bien vouloir réserver dorénavant mes week-ends pour venir travailler à Detilly. Cette proposition tombait d'autant mieux que ma chère famille Hooke devait retourner en Angleterre – définitivement cette fois – à la fin du mois de juin. Je perdais mon emploi et avec lui la source principale de mes revenus.

Chaque fin de semaine, je prenais désormais le chemin de la Touraine. Il y avait toujours trois ou quatre personnes à dîner ou à déjeuner, jamais les mêmes et jamais de femmes ! Je ne connaissais aucun des visages que je croisais, ni même le nom des convives. Je n'avais même aucune idée de ce dont ils pouvaient parler puisque je ne comprenais pas le français, en dehors de quelques mots usuels.

M. Sirven m'avait dit de ne pas me faire de souci pour ma situation. Il allait s'occuper de moi. Sans comprendre pourquoi, je lui faisais instinctivement confiance. C'était bien la première fois, en y réfléchissant, que je pouvais m'en remettre à un homme. La sensation était nouvelle et je la trouvais très agréable.

VII

Un rond de serviette pour un conte de fées

Le deuxième dimanche de juin, je venais de terminer mon service, mes affaires étaient rassemblées dans la cuisine, le chauffeur s'apprêtait à me reconduire à la gare, tout s'était bien déroulé mais je pestais intérieurement. Impossible de retrouver mon porte-monnaie ! L'heure avançait. Je commençais à m'énerver. Sans argent, je ne pouvais pas prendre mon train. Les mauvaises langues prétendent que l'on trouve tout dans le sac d'une femme – hormis un ULM et une planche à voile –, à condition d'être patient tellement il y a de désordre... Ou je manquais totalement de patience ou le désordre était encore plus considérable, mais je ne trouvais pas ce que je cherchais.

Alfred Sirven m'avait suivie dans la cuisine pour me dire deux mots avant mon départ, il me regardait me débattre sans faire de commentaire. En désespoir de cause je me tournai vers lui :

– Monsieur, pourriez-vous me prêter cent francs pour prendre mon train ? Je ne trouve plus mon porte-monnaie !

– Tenez, Vilma, me dit-il en sortant un billet de cinq cents francs de son portefeuille, prenez ça...

Il me mit la coupure dans la main et déposa au passage un rapide baiser sur mes lèvres. Après quoi, sans me laisser le temps de protester, il saisit mon bagage qu'il porta lui-même jusqu'à la voiture.

– Dépêchez-vous, Vilma, me jeta-t-il sans se retourner, ou vous allez rater votre train !

Il dit un mot au chauffeur et me fit un signe de la main pour me souhaiter un bon retour, puis il tourna les talons. La portière était à peine refermée que la voiture démarrait.

J'attrapai mon train au vol. Deux heures vingt plus tard je débarquais gare Montparnasse en me demandant encore si j'avais ou non rêvé ce baiser – d'ailleurs en était-ce un ? Je me promis d'en parler à Grace.

– Ah oui ! me dit-elle amusée, il embrasse comme les petits enfants... Il fait ça à toutes les femmes... C'est généralement quand il est content !

– Et... il t'a déjà fait ça ?

– Oui... Deux ou trois fois. Mais tu sais, cela ne veut rien dire. Il le faisait aussi bien devant son épouse. D'ailleurs, je ne l'ai jamais vu changer d'attitude. La première fois on se pose des questions, mais ça ne prête vraiment pas à confusion. Tu verras !

Bon, me dis-je. Dans ce cas-là, le sujet était clos.

Je ne voulais pas passer pour une idiote aux yeux de ma fille.

Cet incident et ma réaction m'ont néanmoins amenée à faire un rapide examen de conscience. C'est vrai, je suis sensible à la force qui se dégage du personnage – je l'ai déjà dit –, mais aussi au timbre de sa voix. J'aime bien l'entendre parler. Il y a de la douceur et même de la tendresse dans sa façon de s'exprimer lorsqu'il est avec moi. Le contraste avec son physique est d'ailleurs intéressant. Rude, autoritaire à l'extérieur, sachant donner des ordres qui claquent comme des commandements, mais beaucoup plus doux et sensible en dedans. Au fond, c'est un homme fort et protecteur comme devrait l'être un père idéal. Je le dis comme je le ressens, mais sans faire de transfert pour autant. Je ne prends pas Alfred Sirven pour un substitut de mon père. Loin s'en faut !

Je suis également frappée par la dimension duelle du personnage. Pendant mon service, je vois à sa table des hommes qui connaissent uniquement son côté professionnel ; moi, je n'ai de contacts avec lui que sous un angle privé. Ses relations d'affaires et moi ne connaissons jamais qu'une facette de l'homme. Nous avons des expériences et des opinions à l'opposé les unes des autres. Seul Alfred Sirven connaît les deux versants de son être.

Il me faut bien en convenir : je ne sais pas ce qu'il fait, ni même quel genre d'entreprise il dirige. Pour moi, Inter Énergies, la société de la rue Marbeuf dont j'ai lu la plaque en me rendant au bureau pour mon passeport, ça veut tout dire et rien à la fois. Cela peut être en rapport avec l'électricité, le nucléaire (l'énergie atomique), la médecine, que sais-je encore ? D'ailleurs, ça m'est complètement indifférent. Chez les Hooke je suis gouvernante, à Detilly je suis cuisinière. Mon univers ne recoupe jamais celui de la vie professionnelle de mes employeurs.

Alfred Sirven, lui, s'adapte en permanence. Il est avec chacun comme il a décidé de l'être, et je n'ai jamais éprouvé le besoin de lui poser des questions. Avec le recul, je reconnais qu'il a toujours su créer avec moi et autour de moi une atmosphère sécurisante de plénitude. C'est un homme qui rend simples les choses de la vie – je ne parle pas du point de vue matériel, bien entendu.

Un psychiatre expliquerait sans doute aisément pourquoi je préfère la compagnie des hommes plus âgés que moi. Je me contenterai de dire que l'immaturité de mon mari ne m'a pas permis, à l'époque, de donner un visage satisfaisant au modèle masculin dont j'avais été privée petite. Il m'avait plutôt rendue orpheline une seconde fois. Être mère de quatre enfants à vingt-deux ans, et devoir faire face seule – surtout moralement –, n'est jamais simple. Ça l'est encore moins aux Philippines.

Je reconnaissais bien volontiers qu'Alfred Sirven était humainement l'homme le plus intéressant qu'il m'avait été donné d'approcher. Cela tenait-il à sa génération, à son milieu, à son éducation ou à sa personnalité, tout simplement ? J'aurais été bien incapable de le dire. Vraisemblablement, la combinaison de ces différents facteurs en faisait un personnage attachant à mes yeux.

Nous étions début juillet et j'observais que, semaine après semaine, M. Sirven ne manquait jamais une occasion de me complimenter sur mon travail ou sur moi-même. Il venait de plus en plus souvent à la cuisine s'intéresser à ce que je faisais et bavarder – ne serait-ce qu'une minute – en me regardant préparer les repas. Il me demandait si tout allait bien, si je n'avais besoin de rien. Comme j'étais encore sous le coup du départ de la famille Hooke, un jour il me prit par les épaules pour me dire de ne pas m'en faire. Il avait besoin de moi pour l'été à temps complet. Il me gratifia d'un sourire et d'un baiser rapide, comme la première fois.

– Au fait, quel est le nom de votre parfum, Vilma ? me demanda-t-il en s'éloignant.

– Tocade... Pourquoi ?

– Parce que je trouve qu'il vous va bien, et j'ai envie de vous en offrir.

Ma protestation tomba dans le vide. Il était déjà sorti !

Dans l'après-midi, il partit faire des achats. Il revint avec un grand flacon de mon parfum. Je balbutiai des remerciements mêlés de confusion qu'il balaya d'un geste désinvolte. Prise d'une impulsion irraisonnée, je l'embrassai sur la joue comme le ferait une écolière à son professeur principal le jour de la remise des prix. C'était d'ailleurs à peu près ça.

Alfred Sirven multipliait les petites attentions – je ne parle pas de cadeaux –, auxquelles je me montrais sensible et réceptive. Elles me faisaient du bien. J'avais l'impression qu'elles commençaient même à guérir d'anciennes blessures.

Le lundi je débutais mon service chez lui, à Paris. Grace continuait à s'occuper du ménage et de l'appartement, je me tenais prête à la cuisine. Il n'y avait pas forcément des invités tous les jours, mais si c'était le cas M. Sirven me téléphonait à 11 heures pour me prévenir qu'il y aurait trois ou quatre personnes à déjeuner. J'avais alors exactement une heure pour faire les courses, choisir les vins, cuisiner et dresser la table. Il fallait que tout soit prêt à midi juste. Comme durant les week-ends les convives étaient toujours des hommes, et je ne vis jamais deux fois les mêmes visages.

Un dimanche, à Detilly, nous nous trouvions à bavarder dans la cuisine tandis que je préparais le déjeuner lorsqu'une petite phrase me fit lever la tête.

– Vilma, vous savez, nous pourrions très bien vivre ensemble, tous les deux !

C'était dit sur le ton d'évidence tranquille de quelqu'un qui a mûrement réfléchi à la question. Je restai sans voix, ma salade du potager et mon égouttoir dans les mains. Mon patron, qui n'attendait visiblement pas de réponse de ma part, avait déjà repris le fil de la conversation. Je me demandais si j'avais bien entendu. Je n'osai pas le faire répéter. C'était exactement comme une petite phrase subliminale. Je suppose qu'inconsciemment elle commença à cheminer dans mon esprit à compter de ce jour...

La dernière semaine de juillet, Alfred Sirven reçut ses filles et leurs familles. Il y avait Hélène, issue d'un premier mariage, son époux et ses deux enfants âgés d'une vingtaine d'années, et Claude – la fille qu'il avait eue avec Évelyne –, son mari et son fils Mathieu qui devait avoir sept ans à l'époque. J'avais dressé la table pour huit personnes dans la salle à manger, aussi je crus m'être trompée lorsque, en apportant le vin avant le repas, je comptai machinalement neuf couverts. Je m'apprêtais à retirer le couvert en trop lorsque M. Sirven me fit signe de laisser les choses en place. Les enfants arrivaient pour passer à table.

– Non, Vilma, c'est moi qui ai rajouté ce couvert pour vous. Désormais, vous faites partie de la famille...

Tout le monde avait l'air au courant et semblait d'accord, à moins que personne n'ait osé discuter les ordres du *pater familias*. Je devais avoir le rouge aux joues et être épouvantablement gauche quand celui-ci posa à côté de mon assiette une serviette avec un rond en bois, comme il y en avait à chaque place.

Je bredouillai des paroles inintelligibles... Le maître de maison abrégea mon supplice en me donnant un bon prétexte pour retourner à la cuisine.

– Vilma, nous avons faim, et vous aussi je suppose ? Allez donc nous chercher ce que vous avez préparé...

Tout le monde s'installa en bavardant bruyamment tandis que je m'enfuyais à l'office. Je revins avec les entrées et je me glissai, non sans émotion, à la place restée libre. Pendant que les plats circulaient, je me surpris à jouer machinalement avec ce rond de serviette qui symbolisait tant de choses pour moi.

Ce week-end peu commun me réservait pourtant encore une surprise de taille. Pendant le déjeuner du dimanche, la conversation roula en partie sur les vacances. Je le compris lorsque Alfred Sirven traduisit en anglais, à mon intention, qu'il attendait toute la famille à Deauville deux jours plus tard, pour la première quinzaine d'août.

– Claude viendra avec moi à la Marina, m'expliqua-t-il, les réservations sont faites pour tous les autres à l'hôtel Mercure, juste à côté. Pour vous aussi, Vilma. Vous êtes mon invitée. Cette fois, pas question de travailler !

Heureusement qu'il me disait cela en aparté et que la conversation se poursuivait autour de nous en français. Je ne sais pas ce que j'aurais fait si tous les visages s'étaient brusquement tournés vers moi au même instant.

*
**

Bien sûr, je ne connaissais pas Deauville. La mer, je l'avais entr'aperçue depuis l'appartement du dix-huitième étage à Abu Dhabi, derrière des baies vitrées que l'on ne pouvait ouvrir, et vue un peu mieux en Bretagne, mais pas longtemps. Ici, je me trouvais carrément au bord !

Alfred Sirven logeait dans l'appartement d'une de ses filles, dans la Marina. Un petit pied-à-terre agréable par l'environnement, mais trop exigu pour y recevoir la famille. Hormis Claude, nous étions tous à l'hôtel voisin et nous nous retrouvions au restaurant pour les repas ou aux heures de plage. Chacun était libre de son temps. Je passais l'essentiel du mien avec Alfred. Il me faisait découvrir la ville et ses environs, Trouville, Honfleur... Nous parlions, nous marchions beaucoup sur l'immense plage, main dans la main, les pieds dans l'eau, les cheveux au vent. Je passais là les premières vraies vacances de ma vie.

Je voulais tout voir, tout connaître. Il me fit entrer au restaurant et au bar de l'hôtel Normandy, ainsi qu'au casino – mais sans jouer – pour me montrer à quoi ressemblait un établissement de ce genre. Je découvris la mairie, la jetée, la place du marché et les hallettes, la gare, la villa Strassburger... Nous visitions les boutiques, nous nous arrêtions dans les bistrots, et il me fit faire l'aller et retour traditionnel sur les six cent quarante-trois mètres des célèbres planches avec, d'un côté, le nom des stars américaines venues à Deauville pendant le Festival du cinéma américain, et de l'autre les parasols de légende où dominent le bleu et le rouge, les deux couleurs de la ville.

L'avant-dernier jour, en fin d'après-midi, il m'entraîna devant la vitrine du bijoutier Cartier pour avoir mon avis sur le cadeau qu'il comptait faire à une amie. Il y avait là des bijoux magnifiques. Il pensait à une montre. Je lui dis que c'était une bonne idée mais je le dissuadai quand même de s'orienter vers les modèles de toute évidence les plus coûteux. Je ramenai son attention vers un modèle classique – en or tout de même – d'un prix sans doute plus raisonnable. Il se le fit montrer. C'était en effet une belle pièce. Il me remercia pour mon conseil et dit au vendeur qu'il allait réfléchir. C'était la première fois qu'il demandait mon avis sur quelque chose d'important. J'étais assez fière de penser que j'avais pu lui être utile.

La dernière journée disparut comme les précédentes. Je n'avais pas vu les jours passer ; malgré cela j'avais l'impression d'être là depuis très longtemps.

*
**

Je retrouvai la capitale avec plaisir. La transition ne s'annonçait pas trop brutale puisqu'il n'y avait pas encore de déjeuner d'affaires prévu à l'appartement. Je n'avais à m'occuper, pour ce premier jour, que des repas du maître de maison. Je vérifiai les approvisionnements et partis faire les courses. Alfred Sirven arriva du bureau à l'heure du déjeuner. J'entendis la porte claquer, deux secondes plus tard il me rejoignait à la cuisine.

– Tenez, Vilma, me dit-il en me tendant un petit paquet, j'ai quelque chose pour vous...

Intriguée, j'ouvris le paquet en question. Il contenait un écrin au sigle de Cartier et, à l'intérieur, la montre en or que je l'avais aidé à choisir pour son amie.

– Mais... Vous vous êtes trompé... Ce n'est pas pour moi !

– Si si, Vilma, c'est pour vous remercier des deux très belles semaines de vacances que j'ai passées avec vous à Deauville.

– Vous m'aviez dit que c'était pour une amie ?

– C'était une plaisanterie ! Je voulais vous faire une surprise et, surtout, ne pas vous donner l'occasion de refuser.

Je restai sans voix un moment, tant j'avais du mal à surmonter mon incrédulité.

– Vous êtes sûr ?

– Tout à fait sûr !

Je regardais le bijou sans oser le sortir de son écrin. C'était le plus beau et le plus cher cadeau que j'avais jamais reçu. Une bouffée de joie et de gratitude m'envahit soudain et je lui sautai au cou en lui plaquant deux baisers sonores sur les joues.

– *Thank you very much, Sir !*

C'est tout ce que j'avais trouvé à dire. À ce moment précis, j'avais l'impression d'avoir dix-huit ans et que lui n'avait guère plus de la trentaine. Sous le coup de l'émotion, je riais doucement en secouant la tête. Je mis quelques secondes à m'apercevoir que je pleurais.

Cette montre, je ne l'ai jamais quittée.

– Vilma, il y a autre chose, ajouta mon mécène... Avec Grace, vous allez venir vous installer à côté. En juillet il s'est trouvé un petit appartement de libre dans l'immeuble voisin. Je l'ai loué. Les travaux sont maintenant terminés, vous pouvez emménager avec votre fille dès demain.

Le reste de la journée se perdit dans des préparatifs divers. Grace avait été au courant avant moi pour l'appartement, mais elle avait gardé le silence comme M. Sirven le lui avait demandé. J'avais affaire à un véritable complot !

Avant la fin du mois d'août, le rythme changea. Alfred Sirven partageait son temps entre Paris et Genève. Il était à Paris le lundi et le mardi – quelquefois le mercredi –, puis il partait pour Genève jusqu'au vendredi soir ; nous allions ensuite passer le week-end à Detilly où il continuait à recevoir de temps à autre des hommes d'affaires. Bien entendu, je n'assistais pas à ces déjeuners que je préparais comme par le passé.

Quelque temps plus tard, un mardi de septembre à Paris, il me téléphona vers 18 heures.

– Vilma, je ne pars pas ce soir. Avez-vous préparé quelque chose pour le dîner ?

– Non, puisque vous ne deviez pas être là.

– Ça ne fait rien. Rentrez chez vous. Je me débrouillerai.

– Vous êtes sûr ?

J'étais donc chez moi lorsque, vers 20 h 30, le téléphone sonna.

– Vilma, je viens de voir la lumière chez vous en passant. Si vous n'avez rien de prévu, nous pourrions dîner ensemble ? Vous pouvez me rejoindre à la maison ?

Je lui dis que j'arrivais. Je concoctai rapidement un menu dans ma tête en fonction du contenu du réfrigérateur ce jour-là. Je me dirigeais déjà vers la cuisine lorsqu'il m'interpella.

– Non, Vilma, ce soir nous dînons au restaurant.

C'était un de nos grands plaisirs communs. Alfred Sirven était un fin gourmet, je l'ai dit, j'aimais moi aussi les bons plats et, surtout, j'avais un palais pour le vin, ce qui paraît-il est assez rare chez une femme. Alfred prenait plaisir à déguster une bouteille millésimée en ma compagnie. À table, nous partagions ainsi des moments privilégiés.

Le hasard voulut qu'une serveuse philippine s'occupât de notre table ce soir-là. Alfred Sirven lui posa quelques questions sur son pays, et tandis qu'elle nous servait à boire il lui demanda :

– Dites-moi, mademoiselle, comment une femme traite-t-elle son mari aux Philippines ?

– Comme un roi !

La jeune femme avait répondu avec le sourire, mais sans l'ombre d'une hésitation.

– Comme un roi ? Mais alors pour un homme, si je vous écoute, il n'y a pas de meilleur choix qu'une femme philippine ?

– Sans aucun doute ! répliqua-t-elle malicieusement.

Elle exagérait un peu, mais elle avait tout de même raison. Quand je repensais à ce que j'avais moi-même vécu, à mon comportement avec mon mari, il aurait aisément pu se prendre pour un prince à défaut d'un roi.

Le dîner était délicieux. Je retrouvais l'atmosphère des vacances. La nuit était encore douce. Nous sommes rentrés en flânant, bras dessus, bras dessous, en regardant les vitrines éclairées comme nous le faisions à Deauville, avec une sorte de complicité où se mêlait de la tendresse.

Arrivés dans notre rue en impasse, il se tourna vers moi et me dit le plus naturellement du monde :

– Vilma, ce soir, on ne se quitte pas. Vous ne dormez plus chez vous. Vous apportez vos vêtements à la maison, et à partir de maintenant, vous restez avec moi !

Il n'y avait pas trace d'autorité dans sa voix, simplement une profonde émotion. Ces paroles produisirent un curieux effet sur moi. Je me rendis compte en une fraction de seconde combien j'avais moi-même envie de me retrouver dans les bras de cet homme. Inconsciemment, je devais attendre cette invitation. Depuis quand ? Je l'ignorais...

*
**

Une nouvelle vie commençait, avec des gestes anciens. Il m'appelait « *darling* » ou bien encore « chérie » et je continuais à l'appeler « Monsieur » ou « *Sir* », par respect. Nous avions beau vivre ensemble et partager une intimité sans retenue, le personnage continuait à m'impressionner. Je mis un certain temps avant de trouver naturel d'adopter un langage plus familier.

Si je continuais à faire la cuisine, je préparais aussi sa valise avant chaque déplacement. Je veillais à ce que son linge, ses chemises, ses cravates, ses costumes soient impeccables, et je m'assurais de la présence des médicaments que lui imposait le médecin pour sa tension artérielle. Il me téléphonait de Genève une ou deux fois par jour. Selon ce qu'il avait à y faire, il s'y rendait en voiture, en train ou en avion. Pendant ses absences, je passais mes soirées avec ma fille et je dormais aussi avec elle dans le petit appartement, comme avant ce fameux soir de septembre. J'avais pour ainsi dire deux vies : d'un côté une vie de femme, de l'autre la complicité mère-fille. Le vendredi soir Alfred Sirven me récupérait, et s'il n'était pas trop tard il nous arrivait de filer directement en Indre-et-Loire. À Paris, il m'emmenait au restaurant, faire des emplettes, et nous allions parfois au cinéma sur les Champs-Élysées.

Nous avons mené cette vie-là jusqu'en décembre. J'ai tenté de profiter de mon temps libre pour apprendre le français en m'inscrivant aux cours Berlitz, mais en vain. Un livre et quatre cassettes ne me permettaient pas d'être une élève assidue. Le peu de vocabulaire que je possède aujourd'hui, je le dois plutôt à la patience du fidèle chauffeur, Candido, qu'à l'apprentissage de mes leçons.

Alfred avait choisi de passer les fêtes en famille à Detilly. Tout le monde était réuni autour de l'arbre de Noël, ses filles et leurs maris, ainsi que ses petits-enfants auxquels je m'étais permis de faire quelques présents. Nous nous retrouvions comme à Deauville.

Je dois reconnaître que la famille d'Alfred Sirven ne m'a jamais témoigné d'hostilité. Il n'est pas toujours très simple de faire bonne figure à la nouvelle compagne de son père ou de son beau-père, surtout lorsque celle-ci a une trentaine d'années de moins que lui, et qu'elle arrive dans sa vie quelques mois après la mort de l'épouse et de la mère. Je suis donc reconnaissante à Claude et à Hélène pour leur attitude à mon égard. Elles ont compris, je crois, que je n'étais pas une intrigante, que mes sentiments étaient vrais, et que si leur père n'était pas venu vers moi comme il l'a fait, je serais restée à ma place.

Alfred me dit, désormais, vouloir m'emmener partout avec lui.

– Pour commencer, dans deux semaines, je te propose de découvrir Genève. J'ai des choses à faire au bureau, mais nous aurons du temps pour nous.

Le soir venu, il régnait une ambiance de *garden-party* à Detilly. Tout le monde participait à la fête et l'on se bousculait à la cuisine dans un joyeux désordre qui me faisait protester pour la forme, absorbée comme je l'étais par mes préparations culinaires.

Une semaine plus tard nous étions sous le gui au douzième coup de minuit, toujours à Detilly, pour nous souhaiter une belle et heureuse année. 1996 sera en effet pour moi une année merveilleuse, avec des voyages comme je n'aurais jamais imaginé pouvoir en faire un jour, entourée d'amour et de tendresse, dans une atmosphère de luxe et de raffinement. Seule ombre au tableau en fin d'année – mais quelle ombre ! – la santé de Rafael junior va continuer à s'altérer et l'opération deviendra une nécessité vitale.

Le 6 janvier nous nous trouvons une fois encore réunis avec toute la famille, mais cette fois au grand restaurant de la tour Eiffel pour célébrer l'anniversaire d'Alfred Sirven. Son meilleur ami, André, et son fils Pierre se sont joints à nous. Nous formons une belle tablée. C'est terriblement impressionnant d'avoir ainsi Paris à ses pieds, paré de ses monuments et de ses milliers de toits, expressifs comme autant de visages.

Quatre jours plus tard, nous arrivons à Genève. Je découvre le petit appartement de la rue de Monthoux, près du casino Noga-Hilton, où je vais être appelée plus tard à faire des déjeuners comme à Paris. En revanche je n'irai jamais au bureau, situé tout près et dont je connais seulement le numéro de téléphone.

Il travaille quelques heures par jour et me rejoint dès que possible pour des promenades d'amoureux dans les rues de la cité cosmopolite ou le long de la Rade jusqu'au célèbre jet d'eau. Nous avons marché dans le parc des Bastions, longé le mur des Réformateurs avec ses hauts et bas-reliefs représentant les principaux personnages et événements de la Réforme, admiré les bâtiments de l'université ; j'ai aimé l'immense place Neuve, mais beaucoup moins celle très impersonnelle des Nations... Genève est loin d'être une cité romantique et je lui préfère de beaucoup Paris, mais qu'importait la ville, trop froide, trop rigide pour moi, où je ne connaissais personne : le fait d'être à deux quelque part dans le monde me comblait.

Jusqu'à la mi-mars environ, je vais ainsi partager mon temps entre Paris, Genève – où j'accompagne

Alfred presque chaque semaine – et Detilly. Nous irons aussi à Lausanne, à Lugano, mais à partir du début avril, et pratiquement jusqu'en octobre, nous ne reviendrons plus à Paris que quelques jours par mois.

Alfred avait décidé que nous allions voyager. Le moment était venu pour lui, me disait-il, de prendre un peu de bon temps. Il y eut d'abord une escapade à Vienne, puis nous avons entamé un périple à travers l'Allemagne, l'Espagne et l'Italie. Nous séjournions en général deux semaines dans les pays à chaque voyage, visitant ainsi Francfort, Berlin, Madrid, Barcelone, les Baléares, Rome, Milan, Bellagio, cette merveille, et les environs du lac de Côme. Plus tard il y eut même l'Afrique, le Zimbabwe et les *Victoria Falls*...

Nous allions rarement voir les musées et visiter les monuments, nous préférions marcher dans les rues des villes, nous imprégner des atmosphères, voir les places, les jardins et les parcs, découvrir les bonnes tables et les spécialités culinaires. En règle générale, nous changions d'hôtel tous les deux jours pour connaître aussi dans chaque pays le plus grand nombre possible de cadres prestigieux.

Il me reste de ces voyages une mosaïque de souvenirs et d'images, faite non pas de grandes choses mais de mille détails d'où émergent Vienne, Ibiza et Vérone. Vienne, notre première escapade, m'enchanta. À Ibiza Alfred possédait une belle villa où je ne suis malheureusement allée qu'une fois, car il était en train de la vendre. Quant à Vérone, nous y avons passé quatre jours en juillet parce que Alfred voulait me montrer l'opéra et me faire assister au *Don Giovanni* de Mozart.

C'est sans doute très conventionnel de parler comme je le fais, mais que Vérone au même titre que Venise fasse partie des clichés touristiques n'enlève rien au charme ni à la beauté des lieux. Cette ville fortifiée sur l'Adige, toute de marbre rose, est après Venise la plus belle ville d'art de l'Italie du Nord. Et même si l'on dit ne pas être sensible à la tragédie de Shakespeare, il est difficile de ne pas prendre plaisir à faire le circuit qui va de la Via Cappello à la Via Arche, de la maison de Juliette – avec son non moins célèbre balcon ! – à celle de Roméo. La curiosité nous a d'ailleurs poussés jusqu'à la tombe de l'héroïne : un sarcophage de marbre rouge symboliquement demeuré ouvert et vide, disposé dans une cellule de moine du couvent des Capucins-Hors-les-Murs...

*
**

Le peu de choses que je connais du passé d'Alfred Sirven, je l'ai appris durant ces voyages. Il m'a raconté sa jeunesse, par bribes, et j'ai dû reconstituer la trame moi-même. Ce n'était jamais dans un ordre chronologique. À quelques jours d'intervalle, il pouvait très bien me répéter la même histoire, oubliant ce qu'il m'avait déjà dit.

J'ai su tout de suite le divorce de ses parents, sans doute la première blessure de sa vie, un événement douloureux qui allait peser sur toute son enfance et faire de lui, fils d'une grande famille de la bourgeoisie toulousaine, un gamin triste et solitaire. Il reste avec sa mère, une femme froide et très stricte dont il reçoit peu de tendresse. À la sortie de l'école les familles viennent attendre leurs enfants – lui, parfois, on l'oublie. Il n'y a plus personne, tous ses petits camarades sont rentrés et il attend, adossé contre le mur, qu'on vienne le chercher. Ces jours-là c'est sa tante, une femme qu'il adore mais dont il ne me dira rien, qui vient le récupérer.

Je ne sais pas au juste où Alfred Sirven a passé ces années-là. L'été il allait souvent à Biarritz – c'est ce que j'ai cru comprendre – où il passait le plus clair de son temps à nager avec des amis. Sa famille avait-elle une maison là-bas ? Y était-il avec ses parents, ou seulement avec sa mère ? Je ne sais pas. Ensuite je le retrouve à l'armée, en Alsace et en Allemagne, et pendant la guerre de Corée. Il me parlera seulement de la balle qu'il a reçue dans la cuisse, à cause de la morphine qu'il a dû prendre pour calmer la douleur. J'apprendrai par le journal, après son arrestation en 2001, qu'il était engagé volontaire dans le bataillon français de l'Onu, et que le sergent-chef Sirven a été décoré de la médaille militaire et de la Croix de guerre avec cinq citations... Il ne m'en avait rien dit. Il ne m'avait pas dit non plus que le militaire héroïque avait aussi braqué une banque au Japon et fait pour cela de la prison à Tokyo, puis à Saigon... La Croix de guerre avec les citations pour actes de bravoure ou le braquage d'une banque, tout cela n'avait pas plus d'importance pour lui : c'était le passé, et le passé il s'en moquait éperdument !

Je mis quelque temps à comprendre qu'il se livrait un peu pour me faire plaisir, mais qu'il avait horreur d'entendre sa propre histoire. Jamais il ne m'a parlé de sa première femme dont j'ignore même le nom, et si je n'avais pas rencontré sa seconde épouse moi-même dans les circonstances que j'ai relatées, il ne m'en aurait sans doute rien dit non plus. « Le passé est un mort », aimait-il répéter. C'était sans doute vrai, mais je trouvais surtout là une extrême pudeur, du respect, et une infinie délicatesse pour autrui.

J'ai su qu'il s'était marié après la guerre et qu'il avait enseigné l'histoire, du moins je le crois. Était-il alors professeur, ou instituteur ? Quelles études avait-il lui-même suivies ? Je l'ignore. Un autre jour il m'a dit son bonheur d'avoir eu sa fille Claude – et puis ensuite Hélène –, mais il ne m'a jamais dit un mot de la séparation d'avec sa première femme. Je ne sais ni quand, ni pourquoi. Je ne le lui ai pas demandé non plus. Cela faisait partie d'un accord tacite entre nous. Il faisait l'effort de me livrer certaines choses de sa vie, mais je ne lui posais *jamais* de questions.

Pour ce qui est de sa carrière, il s'est contenté de me dire qu'après la guerre il avait passé pas mal d'années chez Mobil, grâce à d'anciens copains du temps de l'armée ; ensuite il avait occupé différents postes avant d'arriver à sa situation actuelle. Tout cela, d'ailleurs, n'avait plus beaucoup d'importance puisqu'il était en partie à la retraite depuis 1991, et qu'il allait y être totalement sous peu. Avant de lire son nom dans le journal à propos de l'affaire Elf, en 1999 – trois ans plus tard –, j'ignorais complètement qu'il avait travaillé pour cette société...

J'appris par contre qu'il aimait bien les nuits de pleine lune, Édith Piaf, Doris Day, les Beatles et les chansons des années soixante. Il chantonnait souvent *Que sera, sera*, *La Vie en rose*, *Rien de rien*, ou encore *Let it be* ; il nourrissait également une passion pour les films de John Ford ainsi que pour John Wayne, je trouvais d'ailleurs qu'il avait beaucoup de traits de caractère communs avec les personnages que cet acteur interprétait à l'écran.

***

Comme pour Grace, j'avais le projet de faire venir Oddeth à Paris pour ses dix-huit ans, mais cette fois-ci il a fallu patienter encore un an, jusqu'en juillet 1996, à notre retour de Vérone.

Oddeth m'avait caché qu'elle était enceinte, craignant sans doute de se faire morigéner parce qu'elle attendait un enfant sans être mariée, oubliant qu'à dix-neuf ans j'étais moi-même mère de deux enfants et que son père m'avait épousée seulement trois ans après la naissance du quatrième... Elle en était au sixième mois et ne pouvait quand même pas espérer me dissimuler son état jusqu'au jour de l'accouchement. Oddeth habitait avec Grace, à qui elle se confia. La grande sœur servit d'intermédiaire pour m'expliquer toute l'affaire. Je dis à ma fille cadette ce que je pensais de la situation et je pris les dispositions pour qu'elle accouche à Paris, à la clinique Spontini, avenue Victor-Hugo, en octobre.

Ronnie, le père – et futur mari –, arriva deux semaines avant la naissance. C'était un ami d'enfance de ma fille, les deux oiseaux s'étaient rencontrés quatre ans plus tôt à l'Église du Christ et nous avons décidé du mariage au printemps suivant.

J'ai à peine le temps de me réjouir de la naissance du bébé, un beau garçon, que je dois partir d'urgence aux Philippines. La santé de mon fils aîné s'est brusquement dégradée ; il est malade et il devient nécessaire d'envisager l'opération dans les douze mois à venir.

Je reste deux semaines à Manille près de Rafael et de son frère Wilnard qui s'occupe bien de son aîné. Je vois les médecins. Ils m'expliquent qu'on ne peut plus différer longtemps l'intervention. À la prochaine rechute, mon fils risque de perdre la vue. Très bouleversée par ce que je viens d'apprendre, j'alerte aussitôt Alfred. Il me rassure de sa voix calme et dit de ne pas m'inquiéter pour l'aspect financier des choses, car le moment venu il prendra en charge l'opération de mon fils. Une fois de plus je reste quelques secondes sans voix, et je pleure de reconnaissance. Alfred me dit des choses tendres et termine la conversation en me promettant une surprise à mon retour.

Je mets les derniers jours de mon séjour à profit

pour voir la famille et je reprends l'avion, à la fois inquiète à la perspective d'une intervention chirurgicale aussi lourde et soulagée d'un poids énorme.

Candido, le chauffeur, m'accueillit à Genève à la descente d'avion avec la grosse Audi 8. Il m'emmena poser mes affaires à la maison. J'avais juste le temps de me changer avant de partir pour Crans-Montana. Alfred Sirven m'attendait avec toute la famille dans la célèbre station de sports d'hiver.

VIII

Deux cabanes en bambou au soleil des Philippines

Une fois encore, nous avons passé les fêtes de fin d'année en famille à Detilly, et même l'anniversaire d'Alfred, puisque le 6 janvier 1997 tombait un samedi. J'étais heureuse, mais en même temps je ressentais du vague à l'âme à l'idée de me séparer de mes filles. Oddeth allait rentrer aux Philippines avec Ronnie et le bébé dans deux semaines, Grace et Rener allaient s'installer au Canada à la fin du mois.

Rener était un garçon entreprenant qui ne manquait pas de suite dans les idées. Tombé amoureux de ma fille en 1994 pendant leur périple en Europe, il avait vite laissé son emploi à Manille pour la retrouver en décembre à Paris, où il s'était fait engager à la succursale de la Philippine National Bank, sur les Champs-Élysées. Fort de sa double expérience professionnelle, il partait à présent au Canada avec Grace pour aider à la création d'une agence de tourisme, avant d'intégrer une grande banque canadienne.

Je ne pouvais décemment pas me plaindre d'une séparation dans de semblables circonstances, au moment où la famille que j'avais toujours voulue se formait, mais je m'étais habituée à la présence de mes filles – surtout à celle de ma fille aînée. Heureusement, leur bonheur si évident à toutes les deux compensait la tristesse du départ.

De toute façon j'allais devoir passer plus de temps à Genève qu'à Paris. Alfred y séjournait maintenant presque en permanence, comme l'exigeait apparemment la conduite de ses affaires, et il avait besoin que je m'occupe de lui.

Nous étions déjà en mars lorsque je dus réserver mon billet d'avion pour ne pas manquer le mariage d'Oddeth et de Ronnie : la cérémonie était fixée au 3 avril ; il me fallait aussi, malheureusement, prendre d'urgence les dispositions pour l'opération de Rafael junior. Comme les médecins l'avaient pronostiqué, la santé de mon aîné avait continué à se dégrader ; c'était maintenant une question de semaines. Il n'y avait plus le choix.

Finalement je suis arrivée à Manille le 30 mars et nous avons arrêté la date du 10 avril pour l'intervention, huit jours après le mariage de sa sœur. Il aurait été trop déçu de manquer l'événement. Ce fut une cérémonie simple suivie d'un repas au restaurant chinois. Des deux côtés nous nous réjouissions de cette union. La célébration eut lieu à l'Église du Christ – comme pour Rafael et moi, seize ans auparavant, mais dans des conditions et une ambiance fort heureusement très différentes. Les jeunes mariés habitaient pour le moment chez les parents de Ronnie, à Caloocan City, comme je l'avais fait moi-même vingt-cinq ans plus tôt. Mais la comparaison s'arrêtait là...

Le jeudi suivant l'atmosphère était plus grave. L'opération à cœur ouvert de Rafael junior dura de longues heures, mais réussit parfaitement. C'était du moins l'avis du chirurgien qui vint me trouver pour me rassurer à la sortie du bloc opératoire. Selon lui, mon fils allait devoir passer plusieurs jours en réanimation avant d'être admis en observation au service chirurgie pendant une ou deux semaines, puis en médecine générale si tout allait bien.

Tant qu'il est resté aux soins intensifs, j'ai vu Rafael seulement quelques minutes l'après-midi, mais ensuite j'ai pu passer une partie de mon temps à l'hôpital près de lui. Alfred m'appelait tous les jours de Genève. Il s'inquiétait de moi, de mes enfants, de Rafael qu'il ne connaissait pas encore. Malgré la séparation, nous nous retrouvions au téléphone. Il se montrait calme, doux, apaisant, tendre aussi. L'intervention avait pu avoir lieu grâce à sa générosité. Ne serait-ce que pour ce geste auquel mon fils doit la vie, je lui voue une reconnaissance sans bornes.

Si au début tout s'est bien passé et a semblé suivre un cours normal, au bout d'une semaine Rafael fait une poussée de fièvre qui inquiète les médecins.

Très vite, diverses complications surviennent les unes après les autres à la suite d'une infection postopératoire. C'est sérieux. Il va falloir du temps pour en venir à bout. En fait mon fils va passer près de quatre mois à l'hôpital. Il devra attendre jusqu'à la fin juillet avant de rentrer à la maison, tous risques écartés, avec un cœur remis à neuf. Après la rééducation qui s'impose, à vingt-quatre ans, il pourra enfin commencer une vie pratiquement normale. Un grand bonheur pour lui mais aussi pour nous tous, ses parents, sa compagne, son frère et ses sœurs.

En attendant, je dois demeurer ici.

Depuis avril donc, impossible pour moi d'envisager de quitter Manille. Je pensais y rester un mois et demi ou deux mois tout au plus, en fonction du rétablissement de Rafael. Nous n'en sommes plus là !

Les appels quotidiens d'Alfred ont maintenu un lien étroit entre lui et moi, entre Manille et Genève. Heureusement car ma vie est un peu bouleversée. Je ne sais plus au juste quand je serai en mesure de rentrer. Si l'on m'avait dit à l'époque que je retournerais sur le Vieux Continent seulement six ans plus tard, en octobre 2003 – et dans quelles circonstances ! –, j'aurais haussé les épaules avec agacement. C'est pourtant ce qui va se produire.

Préoccupée comme nous le sommes tous ici par l'hospitalisation de Rafael, je suis à des années-lumière de ce qui se trame en ce moment même dans le bureau des juges d'instruction Eva Joly et Laurence Vichnievsky. L'affaire Elf ? Connais pas ! Je la découvrirai, hélas, bien assez tôt.

Comme je l'ai déjà dit, ce n'est qu'en février 2001, après l'arrestation d'Alfred à Tagaytay, que j'ai été informée par les journaux, radios et télévisions, du déroulement de cet écheveau judiciaire. Mes lectures m'ont alors appris qu'un mandat d'arrêt avait été émis à l'encontre d'Alfred Sirven en mai 1997, un mois après mon arrivée à Manille. Mais, dans le même temps, les autorités genevoises lui accordaient un permis de résident, jugeant que les poursuites faisant l'objet du mandat international ne constituaient pas des infractions au regard de la loi suisse.

Tout cela pour expliquer qu'à Manille, en août 1997, l'histoire ne fait l'objet d'aucun article. Personne ne parle de près ou de loin du numéro deux d'Elf Aquitaine. Chronologiquement, on en est à l'affaire des frégates de Taïwan, dont je ne suis d'ailleurs même pas certaine d'avoir entendu parler auparavant. Même aujourd'hui, tout cela ne m'intéresse pas, je le confesse bien volontiers.

Je suis arrivée en France dans les circonstances que j'ai relatées, je ne parle pas français, et je ne sais pas qui sont Roland Dumas ou Christine Deviers-Joncour. Je ne pense pas qu'en France l'homme de la rue connaisse davantage le nom des ministres philippins et des personnages influents de mon pays. Mais surtout, j'ignorerai jusqu'en août 1999 qu'Alfred Sirven travaillait pour Elf. L'aurais-je su que cela n'aurait rien changé, ni mes sentiments à son égard, ni mon attitude. D'ailleurs, que puis-je comprendre, moi, petite Philippine des faubourgs de Manille, à une affaire dont les implications remontent jusqu'au plus haut niveau de l'État français ?

*
**

Cela fait maintenant quatre mois que, par la force des choses, je suis séparée de mon compagnon. C'est bien long, d'autant que nous ne nous sommes pratiquement pas quittés pendant plus d'un an. Aussi ne suis-je pas étonnée outre mesure lorsque Alfred me dit un jour au téléphone, à la fin juillet, son intention de venir me rejoindre. Je n'aurais pas osé le lui demander, mais son initiative répond à mon attente secrète. J'ai hâte de le retrouver !

Je n'aurai pas longtemps à patienter. Début août, je suis devant l'aéroport international à guetter la sortie des passagers de l'avion en provenance de Genève. Je reconnais bientôt la haute silhouette de l'homme que j'aime et me précipite à sa rencontre. Je n'ai pas eu le temps de mesurer à quel point cet homme m'a manqué. Nous allons vivre de merveilleuses vacances.

Car, pour moi, Alfred est seulement en vacances...

Il a réservé un appartement dans un des grands hôtels de Manille. Nous allons y passer une semaine, en attendant de dénicher une petite maison à louer qui lui plaise dans un quartier résidentiel de la capitale. En défaisant ses bagages je suis intriguée par une troisième valise, très lourde celle-là, que j'arrive à peine à déplacer.

– Mais qu'est-ce qu'il y a là-dedans ? Du plomb ?

– Presque ! Vois par toi-même, mais ce n'est pas à ranger, du moins pas ici...

En faisant jouer les serrures, je découvre une trentaine de bouquins, des romans, des essais, des livres d'Histoire, que j'ai aperçus, pour la plupart, dans la bibliothèque de l'appartement à Genève. Pas étonnant que ça pèse des tonnes !

– Je n'ai jamais eu le temps de lire pour mon plaisir, me confie mon compagnon, mais cette fois-ci je compte bien profiter des vacances pour rattraper le temps perdu...

Du temps perdu, il n'y en a pas beaucoup les premiers jours, entre les visites aux agences immobilières, celles des maisons proposées et nos propres balades. Mais la persévérance porte ses fruits. Le cinquième jour, Alfred Sirven trouve ce qu'il cherche : une villa avec jardin au milieu d'une résidence privée placée sous surveillance, dans un agréable quartier résidentiel de Manille. À la fin de la semaine, nous emménageons. Cette fois, je range les livres dans la bibliothèque du salon.

– Au fait, me dit Alfred le lendemain de notre installation, j'ai réglé la succession d'Évelyne. En 1995, j'ai donné l'appartement de Deauville à Hélène et celui de Chantilly à Claude. Et pendant que je suis dans la phase « cadeaux », j'en ai un pour toi. Je t'ai ouvert un compte avec cent cinquante mille dollars. Comme cela, tu seras plus libre de tes mouvements.

En l'entendant, j'ai failli laisser tomber ce que j'avais dans les mains et je me suis assise. Mes jambes ne me portaient plus. J'ai réussi à articuler « Tu es fou ! », à voix basse, et c'est à peu près tout. Cent vingt mille dollars ! C'est beaucoup d'argent pour n'importe qui, mais pour moi ici, aux Philippines, moi qui ai gagné autrefois huit pesos par jour, c'est unc véritable fortune. La clé, le sésame pour une vie nouvelle à l'abri du besoin. Elle permet aussi de changer de condition sociale dans un pays où l'on passe très difficilement d'une classe à une autre – du moins si l'on cherche à s'élever. Dans le sens contraire, c'est très facile.

Le silence, les larmes de reconnaissance, le rouge aux joues... À mon corps défendant j'ai tout épuisé avant de pouvoir parler normalement. Mon trouble semblait amuser mon compagnon. Je répétai plusieurs fois, comme pour moi-même en secouant la tête, incrédule : « Tu es fou, tu es fou, tu es complètement fou ! » Il avait l'air tellement heureux de m'avoir fait ce cadeau royal que je n'ai rien pu dire d'autre. Je me suis relevée pour l'embrasser. Je l'ai serré si fort dans mes bras que je me suis mise à trembler.

S'il était fou et satisfait de l'être, je n'allais pas être en reste. Il avait besoin d'une voiture, eh bien j'achetai une monospace Toyota gris métallisé et blanc, un modèle climatisé avec des vitres latérales et custodes noirs, opaques, qui protégeaient efficacement du soleil. Il avait repéré le modèle en passant devant le concessionnaire. Ce type de véhicule lui plaisait et, de surcroît, c'était un bon choix pour le pays. J'avais vu juste. Je n'étais peut-être pas raisonnable, mais M. Sirven était mal placé pour me faire la morale sur ce point. Je le lui fis remarquer. Le débat fut clos. C'était ma première voiture ou, plus exactement, la première chose superflue (à mes yeux) que j'achetais.

Je me disais que je revendrais la Toyota lorsque nous repartirions pour Genève.

*
**

Alfred retrouva Oddeth avec plaisir, et fit enfin la connaissance de mes deux garçons. Il félicita Rafael pour son courage. C'est tout juste s'il ne le remercia pas pour l'exemple qu'il avait donné aux autres dans son enfance. Il est vrai que je lui avais beaucoup parlé de l'attitude de mes enfants, en particulier de celle de Rafael junior qui ne se plaignait jamais.

Lorsque j'eus Grace au téléphone – elle était encore au Canada –, elle me suggéra de prendre Roberto comme chauffeur. Il exerçait ce métier et c'était le meilleur ami de mon fils aîné, comme je l'ai déjà dit. Qui plus est, Roberto faisait aussi partie de la famille, mais du côté de mon mari.

Comme il nous fallait également quelqu'un pour s'occuper de la maison, Oddeth – par l'intermédiaire d'une voisine – proposa Désirée, une fille sérieuse de vingt et un ans à la recherche d'un travail comme je l'étais moi-même à son âge.

En quelques jours, nous nous sommes organisés. Le cadre a changé, mais nous retrouvons nos marques et, surtout, le bonheur d'être ensemble. Je cuisine pour mon compagnon les plats français et les légumes dont il raffole. Au fond c'est quelqu'un de simple, sauf au restaurant où il veut que tout soit exceptionnel. Je fais en sorte de le surprendre, et qu'il prenne plaisir chaque jour à se mettre à table.

Nous nous levons tôt, vers 6 heures du matin. Je lui prépare un thé pour le petit déjeuner, ensuite il part faire de l'exercice en salle – tapis de course et vélo d'entraînement –, tandis que je vais acheter les journaux philippins et le *Herald Tribune*. Chaque semaine il se procure *Le Figaro* et parfois *Libération* dans un des hôtels où l'on reçoit la presse française. Il aime aussi regarder TV5 que nous captons bien à Manille, avant de se plonger dans la lecture des livres qu'il a apportés. Quelquefois, le dimanche, nous écoutons de la musique des années cinquante et soixante. Le reste du temps nous nous promenons. Je fais en sorte qu'Alfred profite au maximum de ses vacances.

Des amis nous ont donné Tiny, la chienne, et un

matin nous trouvons dans le jardin une chatte que nous baptisons Mimy. Elle vient on ne sait d'où et s'installe délibérément chez nous. Nos petits compagnons à quatre pattes s'entendent bien. Ils sont doux et affectueux. Le temps s'écoule au ralenti. Je n'aurais jamais cru vivre une telle parenthèse, chez moi, dans mon pays.

Pendant un mois, jusqu'à la mi-septembre, nous menons la vie paresseuse d'un couple en congé estival. Je suis avec l'homme que j'aime, nous vivons comme des privilégiés, je vois mes enfants : que demander de plus pour le moment ? Mais tout cela va peut-être devoir s'arrêter bientôt. Je m'inquiète auprès d'Alfred de la date de son départ.

– Non, je ne retourne pas à Genève... Je t'aime, je veux être avec toi. Je reste. Ma place est ici. J'ai assez travaillé. Le moment est venu pour moi de me retirer des affaires. Nous avons tout notre temps.

J'ose à peine croire ce que j'entends, et pourtant c'est assez logique : cet homme a quand même soixante-dix ans passés. Je me réjouis de sa décision. Ou plutôt j'exulte à l'idée d'être enfin toujours avec lui, sans ses incessants déplacements ou rendez-vous professionnels. Et, qui plus est, dans *mon* pays ! Je me demande bien un peu pourquoi il ne m'a pas parlé de ce projet auparavant, mais je connais d'avance la réponse : « Je voulais te faire la surprise... » Il m'a fait si souvent des surprises de ce genre que je ne discute pas. J'ai presque perdu l'habitude de m'étonner.

On prend vite goût au bonheur.

*
**

Nous sommes déjà à la fin novembre lorsqu'un jour, en feuilletant machinalement les journaux français que je viens d'acheter pour lui à Makati, je tombe sur une photo d'Alfred Sirven. Je n'en crois pas mes yeux ! Elle accompagne un petit article que je ne peux pas comprendre, mais en le parcourant, j'ai la surprise d'y découvrir mon nom avec celui d'Alfred : « Vilma Medina... Alfred Sirven... » Je ne vois plus que ces deux noms dans ce pavé. Qu'est-ce que cela veut dire ? J'ai hâte d'être à la maison pour en parler. Je demande à Roberto de faire demi-tour. J'ai d'autres courses à effectuer, mais ça attendra.

– Ne t'inquiète pas, me dit mon compagnon après avoir lu l'article, c'est une question de business.

– Mais pourquoi y a-t-il mon nom ?

– Parce que tu es avec moi.

Il a l'air si calme que j'en viens à regretter mon retour précipité. Je le lui dis.

– Mais non. Tu as très bien fait, me répond-il. Tu ne pouvais pas savoir.

Et pour cause ! L'affaire Elf chemine déjà depuis deux ans (août 1995) dans le cabinet des juges d'instruction dont le travail est encore bien loin d'être terminé.

Je n'en voudrai jamais à Alfred Sirven de ne m'avoir pas dit la vérité ce jour-là. Comme il me l'a expliqué par la suite : « L'issue était inévitable. Je cherchais simplement à gagner du temps pour que nous soyons encore heureux ensemble. Nous nous sommes rencontrés bien tard, tu avais eu ta part de souffrances et, tant que c'était encore possible, j'avais envie de te donner ce que tu n'avais jamais eu. »

*
**

Nous avons fêté *Araw ng Pasko* (Noël) et *Bagong Taon* (le jour de l'an 1998), en famille. Bien qu'aux Philippines cette période de l'année soit celle de la saison froide, il faisait quand même 27 °C et Alfred Sirven avait organisé pour les deux réveillons une *barbecue-party* dans le jardin. Tout le monde se montra très joyeux ces soirs-là, les rires fusaient, les cœurs étaient légers. En guise de cadeau, Alfred remit à chacun des participants une enveloppe contenant cinq mille pesos (environ quatre-vingts euros), soit presque un mois de salaire normal pour un Philippin. C'était un beau geste, beaucoup plus efficace que le don d'un inutile colifichet dans ce pays où sévit la pauvreté, et chacun apprécia.

En février, j'eus le bonheur de voir arriver Grace, son mari et le bébé. Ils louèrent un petit appartement dans Manille, pas très loin de notre quartier, si bien qu'Alfred allait parfois discuter un moment avec Rener, « entre hommes ».

Mon gendre – dont les parents habitent au sud, à Midsayap dans l'île de Mindanao, la deuxième plus grande île de l'archipel – lui a parlé d'un terrain de deux hectares en bord de mer, à Butuan.

– Un endroit sauvage sur la côte nord, à une heure de voiture de l'aéroport. C'est idéal pour être tranquille, a-t-il souligné. Manille est à une heure de vol, vous y retournez quand vous voudrez. Ici les avions sont comme des bus, ça ne coûte pas grand-chose. Je suis certain que cela vous plaira.

J'ai vu qu'Alfred était tenté, seulement il fallait aller voir sur place. C'est ce que nous avons fait trois jours plus tard avec Rener.

Nous sommes arrivés à Butuan dans l'après-midi. Comme l'heure était trop avancée pour se rendre sur le terrain, nous sommes descendus à l'hôtel. J'avais un peu honte car ce n'était pas un bon établissement. Même la nourriture était mauvaise. Mais dans un endroit perdu comme celui-ci, il ne fallait pas non plus s'attendre à trouver l'agrément et le confort des palaces de la capitale. Je me faisais du souci pour Alfred qui apprécie tant la bonne chère et les grands vins, mais lui semblait se moquer éperdument des contingences du moment. En fait, il aimait trouver le luxe là où il était en droit de l'attendre ; ailleurs, la précarité ou des conditions de vie plutôt rudes ne l'effrayaient pas. J'allais pouvoir m'en rendre compte un peu plus tard...

Le lendemain matin, après le petit déjeuner, nous louons une voiture et nous partons à la découverte du terrain. Ce n'est pas très loin, mais la route est à peine carrossable et il faut tout même un peu plus d'une heure pour arriver là-bas. L'endroit est sauvage, Alfred paraît séduit par le cadre, l'immense plage, les cocotiers et le ciel posé sur la mer. Je suis beaucoup moins enthousiaste. D'abord il a beau faire deux hectares, le terrain est nu, il n'y a pas de bâtisse ; ensuite la plage est envahie par des blocs de pierre, nombre de cocotiers sont desséchés et l'espace – clos sur les trois côtés par un muret – est, de toute évidence, à l'abandon depuis longtemps. À mon sens, il y a trop de travaux d'aménagement à entreprendre pour le rendre viable avant de construire une maison, même rudimentaire. Cela n'en vaut pas la peine.

Mon compagnon ne partage pas mon avis. D'abord il a un œil plus professionnel que le mien sur la question, ensuite il n'est pas dans l'obsession du confort que je souhaite, non pas pour moi, mais pour lui.

– Si le prix est intéressant, je l'achète, finit-il par dire à Rener sur le chemin du retour.

Comme il a l'air d'y tenir et qu'il est visiblement enchanté, je décide de me rendre à ses raisons, mais j'achèterai moi-même ce terrain pour lui. Après tout, je suis suffisamment « riche » pour me le permettre, et je tiens – comme pour la voiture – à partager le plus possible avec lui. Je me rends compte qu'il n'a sans doute pas besoin de cet argent, mais c'est une façon pour moi de lui témoigner ma gratitude.

Habituellement, c'est une des relations d'Alfred Sirven qui apporte à Manille – ou lui fait parvenir –, à intervalles plus ou moins réguliers, les liquidités dont il a besoin depuis son arrivée. Elles servent à assurer le quotidien, aussi il me paraît inutile d'engager mon compagnon à investir. Je sais qu'il ne me demandera rien, mais puisque je suis en mesure de le faire – grâce à sa générosité, et je ne parle même pas de l'opération de Rafael ! –, alors autant l'aider sans lui donner des raisons de refuser.

Finalement, les choses vont se faire de la manière suivante : Alfred se charge des négociations et de la surveillance du chantier, et j'assume la dépense. Je signe en avril, les travaux de nettoiement et de déblaiement du terrain commencent en mai. Ici, ce n'est pas le ballet des bulldozers et autres pelleteuses auxquels on est habitué en ville, mais dix ouvriers aujourd'hui – quinze demain –, qui déblaient à la main, à la pioche et à la pelle. Ils scient les arbres morts et les dessouchent, tout ça pour trente pesos par jour.

L'île de Mindanao est une île magnifique, avec ses forêts, ses plaines, ses vallées, ses cours et ses chutes d'eau, un monde à part au climat différent de celui du reste du pays, mais aussi une province pauvre et très peu peuplée. Ses plantations de bananiers (des abacas) et de bois d'œuvre ainsi que ses ressources minières lui ont peut-être valu d'être parfois appelée la « Terre Promise », mais la réalité économique est bien différente.

Les hommes qui travaillent sur notre terrain sont

des ouvriers agricoles. Ils ont l'habitude de tout faire, mais ils ne sont pas qualifiés, d'où les maigres salaires qu'ils réclament.

Quand il découvre cette réalité, mon compagnon décide de leur donner cinquante pesos par jour au lieu des trente qu'ils demandent, plus le « goûter » gratuit l'après-midi – c'est comme cela que l'on dit là-bas (une banane, trois morceaux de pain et de l'eau)...

On l'aura compris, dans ces conditions ce n'est pas un « palace » – comme je le lirai plus tard avec écœurement – que l'on a construit sur ce terrain, mais deux cabanes en bambou d'une quarantaine de mètres carrés chacune, l'une pour nous, l'autre pour Roberto et Désirée. Ces cahutes nous permettront aussi d'accueillir Grace et son mari à deux ou trois reprises.

Nous nous installerons en octobre, lorsque les travaux seront terminés. En attendant, nous avons loué une cabane en ville (une cabane, pas une maison ni même un bungalow !) pour venir surveiller le chantier, et nous faisons la navette assez régulièrement entre Manille et Butuan.

À voir le plaisir qu'Alfred prend à la conduite des travaux, le soin qu'il met à faire planter des arbres et une haie d'hibiscus autour d'une des cabanes, à bâtir un petit muret tout le long de la plage et à aménager un jardin potager, je perds toutes mes appréhensions. Je crois, je suis sûre, que nous allons être très heureux ici. J'étais injuste, l'endroit est magnifique : c'est *Jurassic Park*, mais sans les dinosaures.

Et je découvre avec un bonheur surpris que l'homme de ma vie, après avoir connu le luxe des palaces internationaux, éprouve une joie réelle à vivre ainsi en pleine nature. Encore une fois je ne pourrai jamais empêcher certaines langues de vipère de me prendre pour une aventurière ou une dinde. Une aventurière parce que j'ai partagé les voyages d'Alfred Sirven, reçu quelques cadeaux et mis à mon nom un terrain... que j'avais acheté ? Une dinde qui n'a pas compris à l'instant que l'homme de sa vie était en fuite quand il prétendait amorcer sa retraite ? Je ne suis ni l'une ni l'autre. Je suis juste une femme aimante, éperdue de reconnaissance, qui trouvait logique que cet homme suroccupé ait eu envie de dételer, et magique qu'il aime mon pays. Aujourd'hui que je sais toute la vérité, je n'ai pas changé une seconde de sentiments à son égard, au contraire. Quelles que soient les péripéties de son passé, Alfred Sirven reste pour moi le seul homme qui m'a apporté le bonheur, et dont je demeure certaine qu'il l'a apprécié avec moi.

Si les circonstances l'ont rendu plus vulnérable, je n'en ai que plus de raisons de l'aimer.

*
**

Le toit de nos cabanes est en *nipa* – chaume de riz –, les murs sont en bambou et les planchers en bois. Toutefois, il y a l'eau et l'électricité. Les deux cabanes ont été construites de la même façon mais sur des plans différents, la première au centre du terrain, ceinturée d'hibiscus, avec un jardin potager ; la seconde au fond, contre le mur de droite en regardant la mer.

Notre cabane est entourée sur trois côtés par une terrasse à laquelle on accède par trois marches. La salle de séjour, d'une vingtaine de mètres carrés, est meublée avec une table, deux chaises, un sofa et une télévision. Dans les vingt mètres carrés restant, il y a la chambre avec deux lits, la salle de bains et le coin cuisine. Un barbecue extérieur, où Alfred fait griller les poissons, complète l'installation. C'est tout, et c'est bien suffisant pour vivre au contact de la nature, de la mer et du soleil.

La deuxième cabane est divisée en deux pièces inégales. La première a été aménagée en studio, avec le coin cuisine et la salle de bains ; la seconde, une chambre avec un accès indépendant, est destinée à Désirée. La terrasse avec ses trois marches est seulement en front, face à la mer.

L'achat du terrain, l'aménagement, la viabilité, la construction des deux cabanes et l'ameublement me sont revenus – à l'époque – à deux millions de pesos, c'est-à-dire environ trente-sept mille euros, main-d'œuvre comprise. Ce n'est rien en Europe, mais je n'oublie pas que pour quelqu'un comme moi, ici, qui n'aurais pas la chance que j'ai eue, cela représente quelque chose comme vingt-huit ans d'économies...

Ceux qui parlent d'une vie de nabab à Mindanao

peuvent aller voir sur place. Les lieux sont toujours dans le même état. Seuls les hibiscus doivent être fanés, et le jardin potager se trouve sans doute à l'abandon.

Et pourtant, dans ce paradis simple, nous allons passer presque sept mois d'un bonheur inégalable, tranquille, peut-être les plus beaux mois de ma vie, je ne le sais pas encore. Alfred a planté dans son potager des aubergines, des courgettes, des carottes, des poivrons, des melons, des mangues, des tomates, des citrons et des salades qu'il surveille avec un soin particulier car elles sont très difficiles à faire pousser sous ce climat. Nous avons même des ananas. Quand il y a trop de légumes, nous en donnons à nos lointains et rares voisins. Pour le reste, on achète le poisson à un petit pêcheur du cru : chez lui, un thon entier vaut le même prix qu'un kilo à Manille... Là encore, si c'est trop, on partage avec les voisins, bienheureux de l'aubaine.

Dans cet endroit magique, nous avons passé des heures et des heures à nous baigner dans une eau limpide et chaude, sans courants ni requins, et à profiter de notre plage sans jamais nous lasser.

Alfred aimait jouer avec Tiny, la chienne ; elle venait se faire rafraîchir lorsqu'il arrosait le jardin et les jeunes arbres. Avec Mimy, la chatte qui se prélassait au soleil, nos animaux étaient notre seule garde prétorienne. J'ai pourtant lu plus tard, au cours de ma retraite chez mon amie Marta, que nous étions protégés par une armée de gardes du corps...

Une fois par semaine, en moyenne, je partais avec Roberto faire les courses à Manille. Nous prenions l'avion du matin pour être de retour le soir avec les journaux français, des cigarettes, les cigares (des havanes), et quelques bouteilles de bon vin achetées à Makati dans le quartier des commerces.

J'aurais aimé que ce temps béni ne finît jamais...

IX

La cavale

À Mindanao, le temps n'a pas la même valeur que dans le reste de l'archipel. Il s'écoule plus lentement semble-t-il, comme si Dieu avait utilisé un sablier plus grand ou un sable plus gros pour le mesurer. En 1971, on a d'ailleurs retrouvé dans les montagnes de l'île deux Japonais qui ignoraient que la guerre était finie et qui continuaient à vivre en soldats, les armes à la main. Ici tout est différent, plus sauvage et plus clément à la fois. Je m'en rends compte chaque semaine lorsque je vais à Manille pour faire les courses. Le décalage est saisissant.

1999 est arrivé sans crier gare, sans préparatifs festifs, sans agitation, sans emplettes de dernière minute, à coups de ciel bleu et de vagues éternelles achevant leur course sur la grève dans le chuintement du ressac. Nous avons célébré l'anniversaire d'Alfred avec Roberto, Désirée, Grace et Rener, autour d'un barbecue de poissons grillés et d'une ratatouille de légumes issus du potager. Personne d'autre n'est encore venu ici. On ne sait pas que nous sommes à Butuan. Mindanao, c'est vaste et très peu peuplé. Nous n'avons de contacts avec personne, pas même avec la famille de Rener, à Midsayap.

J'ai perdu la notion du temps et je ne suis même plus certaine de la date à deux jours près. Nous sommes quelque part autour de la mi-janvier. Je vérifierai à l'aéroport – si j'y pense.

Ce matin Alfred avait besoin de Roberto, aussi suis-je partie seule faire mes achats à Manille. Ce n'est pas désagréable, et je compte aussi en profiter pour passer à la maison. Nous avons en effet conservé notre villa du quartier résidentiel.

Le chauffeur m'a déposée à l'aéroport, j'ai somnolé dans l'avion presque jusqu'à l'arrivée. Le bruit que fait le train d'atterrissage en se verrouillant m'a sortie de ma torpeur. J'ai attaché ma ceinture et regardé par le hublot la ville grossir, seconde après seconde, pendant notre lente approche par la mer.

Venant de Mindanao et de notre coin de paradis perdu, j'ai l'impression d'être une touriste. Je flâne un moment dans les rues de Makati, je fais mes emplettes tranquillement, j'achète les journaux philippins sans oublier le *Herald Tribune*, ensuite de quoi un taxi me conduit chez nous, à la résidence. J'ai trois heures devant moi avant de reprendre l'avion. Je ne suis pas pressée. Je vais, je viens dans la maison, je prends du linge et, avant de les oublier, les deux livres qu'Alfred m'a demandé de lui rapporter. Je pose le tout dans l'entrée avec mes courses et je vais m'asseoir confortablement dans un fauteuil du salon pour lire un peu la presse locale.

Soudain je tombe sur un article dont les premières lignes me font l'effet d'un électrochoc : « Vilma Medina, la compagne de cavale d'Alfred Sirven, le fugitif français de l'affaire Elf qui a détourné des milliards... » Ma vue se brouille, tout blanchit, je m'affaisse dans le fauteuil, le journal m'échappe des mains. Je dois être en train de m'évanouir, pourtant je ne perds pas conscience et les couleurs commencent à revenir autour de moi.

À peine le malaise surmonté, je ramasse le journal et je me plonge dans la lecture de l'article, le cœur battant. Pour la première fois, je découvre l'affaire Elf dans ses grandes lignes. Je ne comprends pas grand-chose à cet imbroglio politico-pétrolier où il est question de l'Afrique et d'Omar Bongo, de l'Allemagne, de Taïwan, de pots-de-vin, de corruption, de ministres, de chefs d'État... Je m'y perds, dans tous ces noms que je ne connais pas ! Le seul auquel je m'accroche est celui de Sirven, l'homme de ma vie et, paraît-il, « l'ancien numéro deux d'Elf Aquitaine ». Je lis qu'il est accusé d'avoir détourné, avec l'aval de son président, un milliard cent trente-quatre millions de francs (près de cent soixante-treize millions d'euros !), une somme énorme et abstraite qui ne signifie absolument rien pour moi, faute de repères. Que peut-on acheter avec ça ? Des avions, des bateaux, des hélicoptères, de quoi faire bâtir une ville ? Je ne me rends pas compte. D'après ce que je crois comprendre, un tiers de cette somme récupéré en espèces aurait servi à verser des commissions illicites, un autre tiers à rémunérer des intermédiaires haut placés, et Alfred Sirven aurait conservé le dernier tiers pour organiser sa fuite... Car c'est un fugitif !

Le reste de l'article m'échappe totalement. Je suis prise de tremblements incoercibles, je pleure, je m'affole. J'ai peur un peu pour moi, parce que je suis sa compagne, et surtout pour lui, parce qu'on le recherche et qu'on veut l'arrêter. Qu'est-ce que tout cela signifie ? Comment cela va-t-il se terminer ?

J'attends que mes sanglots se calment et que les spasmes qui m'agitent s'apaisent, puis j'appelle Alfred.

– Je viens de lire le journal. Il y a tout un article qui parle de toi, de ce que tu as fait. On dit que tu as pris beaucoup d'argent, et que tu es en fuite... Et puis il y a aussi mon nom. Qu'est-ce que cela veut dire ? Qu'est-ce que je vais faire, maintenant ?

– OK, *darling !* me répond-il de son éternelle voix tranquille et chaleureuse, je comprends. Calme-toi ! Calme-toi ! Ne t'inquiète surtout pas, tu n'as rien à voir avec tout cela. Ce sont des histoires de business, ce sont mes affaires. Tu prends tranquillement ton avion pour rentrer, ensuite on parlera tous les deux. Je t'attends. Ne t'inquiète pas.

Comme toujours, il a réussi à m'apaiser. Les interrogations subsistent, mais la panique a cédé. Je reste là un moment, assommée, le journal à mes pieds, incapable de bouger. Finalement je le replie sans relire l'article en question, puis je me réfugie dans des gestes quotidiens pour ne plus penser. J'ai l'impression qu'un voile invisible vient de se glisser entre la réalité et moi.

L'heure venue, j'appelle un taxi pour gagner l'aéroport.

Dans l'avion du retour, j'essaie vainement de trouver le sommeil. Le bruit des moteurs finit par m'engourdir, mais je garde toute ma conscience. Le vol me paraît interminable. Je ressasse des bribes de phrases lues dans le journal ; elles sont imprimées malgré moi dans mon cerveau et m'encombrent l'esprit. Quoi qu'il en soit, c'est une très mauvaise histoire...

Au moment de boucler ma ceinture je suis prise d'une angoisse subite : la police m'attend peut-être au pied de la passerelle ! C'est stupide, je le sais, on ne montre pas ses papiers et il n'y a pas non plus de liste de passagers sur ces vols intérieurs que l'on prend comme un autobus, mais c'est plus fort que moi.

Tandis que l'appareil roule sur la piste, je tente de voir s'il y a ou non un rassemblement suspect devant les bâtiments de l'aérogare. Non, tout est normal. Seul Roberto m'attend comme prévu et me gratifie d'un grand sourire amical en m'apercevant. J'ai beau essayer de prendre sur moi, je ne parviens pas à retenir mes larmes. Roberto change de visage et s'inquiète. Je le rassure de mon mieux. Il sera toujours temps de les mettre au courant de la situation, lui et Désirée. Pendant le trajet et jusqu'à notre refuge, je laisse Roberto faire les frais de la conversation, me contentant de lui répondre brièvement. C'est tout ce dont je suis capable pour l'heure.

*
**

Je cours jusqu'à notre cabane et je m'effondre en sanglots dans les bras de mon compagnon en lui tendant les journaux. Lorsque je suis un peu calmée, il me demande de lui traduire l'article, ce que je fais en butant sur les noms que je découvre.

– Ne t'inquiète pas, me répète-t-il à plusieurs reprises durant ma lecture, c'est moi que l'on cherche, et moi seul. Tu n'as pas à être impliquée là-dedans. L'affaire Elf a commencé à faire du bruit en 1992, après que l'État français a autorisé la vente de six frégates, sans système d'armes, à Taïwan. Ensuite ça n'a fait que s'amplifier autour de ce que tu as lu. C'est une histoire très très compliquée. Il y a beaucoup de vrai dans cet article, mais tout ne l'est pas. Ne crois pas n'importe quoi parce que c'est écrit dans un journal. Ce sont des affaires de business. Ça ne te concerne absolument pas. Je te le répète, tu n'as rien à craindre. Tu peux avoir confiance.

Sa voix me sortait du puits où j'avais glissé. Oui, je lui faisais confiance d'instinct. Non, je n'avais rien envie de lire à propos de tout ce « business » auquel je ne comprenais rien, sinon que désormais il allait falloir faire très attention pour lui, pour moi. On avait donné mon nom, mes enfants allaient savoir, ceux qui nous connaissaient apprendraient aussi la nouvelle. Dès demain, tout allait devenir plus difficile. Comment allais-je faire pour protéger cet homme que j'aimais, et à qui je devais tant ? Désormais, c'était à moi de veiller sur lui.

Un peu plus tard dans la soirée, Alfred fit venir Roberto et Désirée pour leur parler. Il leur expliqua qu'il était recherché pour des délits financiers commis en France ; il leur montra le journal philippin en leur disant qu'il y avait certainement encore beaucoup d'articles à venir où il serait mis en cause. Par conséquent, ils étaient libres de rentrer chez eux. Si c'était leur choix, il le comprendrait très bien. De toute façon, leurs gages leur seraient largement payés.

Roberto et Désirée affirmèrent que cette histoire ne les concernait pas. Ils étaient très heureux d'être au service d'un monsieur comme lui, et ils ne voyaient aucune raison de rompre leur engagement. Roberto saisissait mieux à présent pourquoi j'avais pleuré en revenant de l'aéroport. Il me dit que je n'avais pas à me soucier, que rien n'était changé et que nous pouvions compter sur eux, ce dont je ne doutais pas.

*
**

Bien entendu, comme l'avait prévu Alfred, les jours et les semaines suivantes il y eut d'autres papiers dans la presse philippine, française et internationale. Je ne lisais rien, mais je voyais les titres et les photos, quand il y en avait. Avec Roberto, nous redoublions de prudence. La « pression », comme on dit, ne se relâchait pas. Bien au contraire. À partir du mois de mars, il ne se passa plus une semaine sans qu'il y ait un article ou une brève dans tel ou tel journal. L'information était aussitôt reprise par les autres titres.

À cette époque, mon beau-frère – le frère de Rafael, mon mari – se trouva, d'une manière que j'ignore, en relation avec un journaliste de *Paris Match*. Et c'est lui qui, selon les reporters de cet hebdomadaire – en tout cas ils me l'affirmèrent –, donna l'information selon laquelle Alfred Sirven se trouvait avec moi aux Philippines.

Évidemment, il ne fallut pas attendre bien longtemps pour voir débarquer à Manille un journaliste de *Paris Match* en quête d'informations locales, bientôt suivi par plusieurs de ses confrères.

Nul n'arriva cependant jamais jusqu'à Butuan car, je l'ai dit, à l'exception de quelques rares proches, personne ne savait exactement où nous nous étions retirés. Néanmoins, au mois d'avril, selon la presse française – et d'après « une source digne de foi » –, nous devions nous trouver à Mindanao. La source digne de foi l'était en effet : je découvris par la suite qu'il s'agissait de ma nièce – la fille de mon beau-frère. Tout cela restait en famille ! Elle s'était rapprochée amicalement de mon aînée, Grace, pour tenter d'obtenir des informations. Elle en avait déduit par divers détails que nous n'étions plus à Manille ni sur l'île de Luzon, mais bien à Mindanao.

L'affaire devenait chaude. Chaque semaine, les journaux français et le *Herald tribune* revenaient sur le sujet avec insistance. Les journalistes avaient certes devancé les policiers de plusieurs longueurs, mais il fallait tout de même s'attendre à voir ceux-ci reprendre l'initiative un jour ou l'autre.

Dès lors, la meilleure chose à faire était de regagner Manille. Il serait en effet plus facile de passer inaperçu dans une ville de près de cinq millions d'habitants – et l'aire métropolitaine du grand Manille en compte douze ! – que là où nous étions. À condition toutefois que je sois près d'Alfred Sirven, avec Roberto et Désirée. Un Européen seul se remarquerait trop facilement. Le risque était moindre pour moi, bien qu'une photo de vacances prise en Europe, où l'on me voyait en compagnie d'Alfred Sirven, ait été publiée dans la presse.

Cette fois, en tout cas, c'en était fini du paradis. La cavale philippine reprenait pour mon compagnon. Elle commençait pour moi. J'étais déterminée à aller avec lui jusqu'au bout de l'aventure. J'avais peur, certes, mais je ne connaissais ni hésitation ni états d'âme. Quand on agit par amour, tout devient simple.

*
**

Quelle drôle de sensation que de se trouver en fuite du jour au lendemain dans son propre pays, dans sa propre ville... Courant avril, j'ai loué un petit appartement de deux pièces par l'intermédiaire d'une amie, pas très loin de notre ancienne maison. Il n'était en effet pas question de retourner dans un endroit où nous avions pu être localisés. Jusqu'à présent nous avions réussi à vivre à visage découvert. Ce temps était révolu. Une parenthèse de dix-huit mois se refermait. Nous entrions de plain-pied dans la clandestinité.

Désormais, seuls Roberto, Désirée ou moi sortions dans la journée pour faire les courses. Alfred attendait la tombée de la nuit, entre 18 et 19 heures, pour aller marcher. À ce moment-là, tout est calme. Les rues sont désertes. Les Philippins sont en train de dîner.

Le chauffeur le conduisait en général vers le parc central de Quezon City, au *Quezon Memorial Circle and Shrine* ; il en faisait trois fois le tour à pied tandis que la voiture le suivait à vue. Il allait ensuite prendre une bière dans un bar avant de rentrer. Ou bien encore, il se rendait au parc du *Nature Center*, derrière l'hôpital pour enfants. Par sécurité je ne l'accompagnais jamais, et Roberto évitait de le déposer deux jours de suite au même endroit.

Dans la journée, Alfred lisait et regardait la télévision. Nous avions de longues conversations. Nous parlions de tout, sauf de l'affaire. Jusqu'à son arrestation, il n'en fut jamais question entre nous, et je n'ai jamais éprouvé, d'ailleurs, le besoin de la voir évoquer. D'une part ces « histoires de business » me dépassaient, d'autre part aucune suspicion journalistique ou judiciaire ne pouvait entamer ma confiance en l'homme « privé » que j'aimais. Le reste ne me concernait pas, sauf à devoir le suivre, le protéger, et l'aimer encore davantage.

À partir de 17 heures, je guettais avec lui le déclin du jour, puis vers 18 h 30 il se préparait à sortir entre chien et loup. Il était difficile pour lui d'être privé de sa liberté de mouvement, de n'avoir plus à s'occuper de son jardin et de ses arbres, mais notre intimité y gagnait. Il me le disait. Dans ce petit appartement, avec nos animaux et nos longs tête-à-tête, l'essentiel se trouvait concentré.

Nous avons vécu comme cela sept mois, jusqu'en novembre 1999. Sept mois pendant lesquels je n'ai pas vu mes enfants. Grace et son mari étaient retournés au Canada, quant aux autres, pour notre sécurité comme pour la leur, il avait fallu couper les ponts. Quand allais-je les retrouver ?

La prudence commandait de changer d'adresse avant la fin de l'année. Rester trop longtemps au même endroit nous faisait courir des risques inutiles. La preuve : des journalistes de *Paris Match* et de *L'Express* avaient, semble-t-il, retrouvé notre trace, puisqu'on avait glissé des messages sous la porte de notre ancienne villa à Quezon City. En août déjà, des articles illustrés de photos prises à Manille, montrant les maisons où nous étions censés avoir habité, et les boutiques où – selon le journal – nous nous fournissions, étaient parues dans l'hebdomadaire français. Cela recommença en novembre.

Nous rêvions tous les deux de réveillonner à Paris pour fêter le changement de siècle dans la Ville lumière, mais c'était une utopie. Le passage à l'an 2000 se ferait à Manille. Après réflexion, acheter une résidence par l'intermédiaire de ma fille Oddeth me semblait la meilleure façon de brouiller les pistes. J'engageai pratiquement la totalité de l'argent dont je disposais dans l'acquisition d'une maison dans un beau quartier de Quezon City. Ce lieu pourrait devenir plus tard ma demeure, mon point d'ancrage, le foyer où ma famille pourrait toujours se retrouver.

Nous y avons passé Noël et salué le nouvel an en compagnie de Roberto et de Désirée. Pas question de faire venir les enfants, je l'ai déjà dit. Plus question non plus pour Alfred Sirven de sortir se promener. Même le soir. Pour la première fois nous ne fêtons pas son anniversaire le 6 janvier. En quelques semaines, la tension est montée de plusieurs crans en raison de l'actualité de l'affaire Elf qui s'étale à présent presque chaque jour dans tous les journaux. La photo d'Alfred Sirven a été publiée à plusieurs reprises. Son visage commence à être connu ici.

Je n'ai d'autre ressource pour rester en contact

avec mes enfants que de les appeler au téléphone une ou deux fois par semaine, comme lorsque j'étais en Europe. Seulement, désormais, ils me manquent trop... Alors, pour nous revoir, nous convenons d'un stratagème. Je leur donne rendez-vous dans un grand magasin – jamais le même. Je ne m'approche pas d'eux, je les regarde à distance en faisant semblant de m'intéresser à quelque babiole en vente, tandis qu'ils s'attardent dans les rayons. Ou bien encore, nous projetons un itinéraire, une promenade en ville, et je les suis un moment sur le trottoir opposé avant de m'éloigner. Si ce n'est déjà fait, la police va les placer sous surveillance d'un jour à l'autre, nous devons nous méfier. Ces précautions ne sont pas inutiles : en réalité, même si je l'ignore encore, la maison d'Oddeth est déjà repérée.

Alfred Sirven profite de son isolement forcé pour s'intéresser aux nouvelles du pays. Il suit les informations locales à la télévision, et c'est lui qui me dit ce qui se passe à Manille et aux Philippines ! De mon côté, je n'ai qu'une idée : protéger l'homme que j'aime, tout faire pour qu'on ne le trouve jamais. Je n'entends même pas la petite voix intérieure qui me souffle que cette cavale ne pourra pas durer éternellement. Je préfère fuir en avant. Alfred, plus réaliste que moi et plus expérimenté, sait pertinemment que le sursis touche à sa fin. Mais il ne dit rien. Il se contente de gagner du temps sur le temps. Pour lui, bien sûr, mais surtout pour moi, pour nous, comme il me le confiera plus tard, avec beaucoup de tendresse et de lucidité. Il est toujours aussi calme. C'est lui qui me rassure lorsque je commence à manifester de l'inquiétude.

Depuis quelque temps, en effet, je me sens oppressée et de plus en plus nerveuse. Je fais en sorte de ne pas le montrer mais je n'y parviens pas toujours. Avec Roberto, nous prenons un maximum de précautions lorsque nous sortons pour les courses. Nous ne nous approvisionnons jamais chez les mêmes commerçants ni dans les mêmes boutiques, et nous varions constamment les itinéraires afin d'éviter d'être localisés par ce biais. Heureusement la Toyota a des vitres noires, il est impossible de distinguer les passagers à l'intérieur du véhicule, ce qui limite encore les risques. J'étais loin de penser à cet aspect des choses lorsque je l'avais achetée en septembre 1997...

Au lendemain de l'arrestation, j'apprendrai qu'en mars 2000, après plusieurs commissions rogatoires non transmises, des policiers français étaient venus à Manille chercher des indices sur la présence du numéro deux d'Elf Aquitaine aux Philippines, mais qu'ils étaient repartis les mains vides.

Fin avril, un soir, nous sommes en train de regarder les informations à la télévision lorsque je manque de m'évanouir : le présentateur lance un avis de recherche – photos en gros plan à l'appui – concernant « Alfred Sirven et Vilma Medina ». Cet avis vaut aussi pour mes enfants et leurs familles. *Wanted !* Une récompense est promise à toute personne donnant des informations susceptibles de conduire à « Alfred Sirven ou à sa compagne, Vilma Medina ». La photo d'Alfred, diffusée par Interpol, a été saisie chez l'une de ses filles, comme nous l'apprendrons plus tard. Elle avait été prise le jour où il avait reçu la Légion d'honneur...

Omission ou pingrerie ? Dans l'avis officiel on a fort opportunément oublié d'indiquer le montant de la récompense, ce qui devrait tout de même freiner les ardeurs des délateurs en puissance. Sur le moment, ce n'est pourtant pas ce à quoi je prête le plus d'attention. Je suis sous le choc d'avoir vu en plein écran une photo de moi avec Rafael junior, Wilnard, Grace et Oddeth. Où ont-ils bien pu se procurer cette photo de famille que j'ai parfaitement reconnue ? Ou, plus exactement, qui la leur a procurée ?

En attendant qu'on éclaircisse ce mystère sur lequel je crois avoir mon idée, l'information a une conséquence imprévisible autant qu'immédiate : nous ne sommes plus en sécurité ici, à Quezon City. Il faut partir ! L'achat de la maison est trop récent pour que l'agence immobilière ait oublié nos visages, à ma fille et à moi. Sans me préoccuper de l'heure, je réussis à joindre une amie en qui je peux avoir toute confiance pour lui demander de me rendre l'immense service de louer quelque chose pour nous à Manille, dans un autre quartier. Comme des millions de Philippins ce soir-là, mon amie a suivi les informations, si bien qu'il n'est pas besoin de lui donner beaucoup d'explications. Elle comprend très bien la situation et m'assure qu'elle va faire le nécessaire au plus vite. Il ne reste plus qu'à attendre.

Je mentirais en disant que durant les quelques jours qui suivirent cet appel, je ne vis pas le temps passer. Les heures comptaient double. Je m'assurai à plusieurs reprises que ma montre n'était pas arrêtée. Elle marchait parfaitement, les horloges de la maison aussi.

Mon amie se montra efficace et discrète. Cinq jours plus tard nous emménagions au 44, Chico street, une villa modeste dans le quartier est de Manille, assez populaire.

Je commence à être éprouvée nerveusement, même si ma détermination ne fléchit pas. L'étau se resserre lentement mais sûrement. Notre liberté de mouvements devient très relative, surtout pour Alfred, qui ne peut toujours pas sortir. Pour un temps indéterminé, il est condamné à une vie de reclus.

Un soir où il me sent peut-être plus préoccupée qu'à d'ordinaire, il veut me rassurer.

– Tu sais, il ne faut vraiment pas t'en faire... Si tu ne peux plus supporter cette vie, je vais me rendre à la police.

Ce n'est pas une menace. Bien au contraire. Il me fait cette déclaration sur le ton d'une évidence tranquille, et je comprends qu'il est prêt à se rendre du jour au lendemain par amour. Je lui réponds, sur le même ton, que mon seul désir est de l'accompagner en tout jusqu'au bout de nos vies.

À présent, je dois redoubler de précautions à chaque sortie. Je ne donne plus rendez-vous aux enfants, même de loin, car ils sont sous une surveillance plus ou moins ostentatoire, notamment Oddeth et son mari. Leur maison est proche de l'Église du Christ, la secte à laquelle adhère ma famille ; or la police soupçonne à tort – j'y reviendrai – ce mouvement religieux de protéger celui qu'elle recherche.

Semaine après semaine, je prends davantage conscience que cette vie clandestine s'arrêtera un jour. Je comprends aussi qu'Alfred le sait depuis beaucoup plus longtemps que moi. Le tout est d'aller jusqu'aux limites du possible. Qu'importe, j'aurai tous les courages, je ne veux pas être séparée de lui.

Au mois d'août, Roberto doit me conduire dans l'île de Samar, où mon père a été hospitalisé pour une intervention chirurgicale banale. Je ne peux rester que dix minutes à son chevet. Au-delà le risque d'être identifiée est trop grand. C'est papa lui-même qui m'incite à ne pas m'attarder. Tout le monde m'a vue à la télévision, et il est peut-être surveillé de son côté. Or, dans un bâtiment comme celui-ci, j'ai en effet bien peu de chances de m'en sortir si l'on a tendu une souricière.

Mais non. À l'extérieur, tout semble normal. Roberto doit m'avertir sur mon portable s'il survient quelque chose d'inquiétant. Il ne m'appelle pas...

Je quitte néanmoins mon père, à regret. J'aurais tant aimé parler avec lui plus longtemps. J'ai tant de choses à lui dire et à lui demander...

Il est déjà écrit que rien de tout cela ne se fera. Je ne le sais pas encore, mais c'est la dernière fois que je vois mon père vivant.

*
* *

Grace et Rener arrivent du Canada pour des vacances à Manille le dimanche 1er octobre avec le bébé. Ma fille aînée a accouché en juillet dernier d'une magnifique petite fille. L'enfant se présentait mal et il a fallu pratiquer une césarienne pour le mettre au monde. Je me demande si j'aurai la chance de voir cette merveille avant que Grace ne reparte.

C'est ma fille Oddeth qui reçoit sa sœur et son beau-frère. Elle m'appelle très vite et me dit simplement :

– Voilà, comme ça on est tous avec toi pour t'aider, et pour aider monsieur Sirven.

Grace et Rener prennent à leur tour l'appareil et confirment. Cela me fait un bien fou de les entendre. C'est vrai, nous ne sommes pas seuls. Ma fille et mon gendre m'assurent que nous pouvons compter sur eux. Je n'en doute pas. Et je vais bientôt pouvoir le vérifier.

Désirée, pour sa part, a dû retourner dans son village pour des questions de famille. Peut-être commençait-elle à avoir peur ? Je ne le crois pas, puisqu'elle nous a envoyé, afin de la remplacer, une de ses amies originaire du même village qu'elle. Elle s'appelle Irène. Désirée a dû bien la briefer, car dès son arrivée je me rends compte qu'elle est au courant de tout. Irène a vingt ans, elle est souriante et ne semble pas du tout préoccupée par la situation. C'est exactement la personne dont nous avions besoin. Dans la période que nous traversons, il faut autour de nous des gens solides, naturels et optimistes, sinon ce serait invivable.

Le 6 octobre, je pars avec Roberto faire les courses à Makati. Il nous reste un ou deux achats à effectuer lorsque j'ai la très nette impression que nous sommes suivis. J'éprouve brusquement un picotement désagréable derrière la nuque et sur le dessus des mains. Je me retourne. La circulation est dense à cette heure de la matinée. Derrière nous il y a le flot habituel des voitures, une *jeepney* bondée, les vélos que nous venons de dépasser et quatre motos. Je ne sais pas pourquoi, mais je m'intéresse à la troisième. Son pilote la maintient dans le flot de la circulation sans chercher à dépasser les voitures. Il disparaît de ma vue à plusieurs reprises, mais je le retrouve toujours à peu près à la même distance derrière nous. Je fais part de mon impression à Roberto qui partage mes craintes.

– Oui, en effet. Je l'ai vu arriver derrière nous à un carrefour et je l'observe depuis ce moment-là. Il ne nous lâche pas, mais il ne cherche pas à se rapprocher non plus.

– Qu'allons nous faire ?

– D'abord vérifier si c'est bien ce que nous pensons... Ensuite, il sera temps d'aviser.

Roberto opère plusieurs changements de direction puis il fait le tour d'un bloc au ralenti à deux reprises, comme si nous cherchions à repérer une adresse.

– Pas de doute, il est toujours là, confirme mon chauffeur, l'œil sur ses rétroviseurs. Nous allons essayer de le semer. Je vais prendre la route de Cavite.

Par Ayala avenue, nous rejoignons Epifanio de Los Santos avenue. Roberto a fait en sorte de s'arrêter en première ligne au feu rouge. Le carrefour est complètement dégagé. Dès que le feu passe au vert, il tourne à droite en direction de Pasay City et enfonce la pédale d'accélérateur. Aussitôt, la Toyota bondit. Il y a près de deux kilomètres de ligne droite en grande partie dégagée avant d'atteindre la bretelle du *Highway*, à la hauteur de San Lorenzo village. Cette fois, la distance croît de plus en plus entre nous et la 125 cm^3 de notre suiveur qui disparaît peu à peu. De toute manière il n'a pas le droit de s'engager sur l'autoroute.

J'appelle Alfred pour lui dire ce qui vient de se produire.

– *Darling*, nous sommes suivis par une moto. Roberto tente de s'en débarrasser en prenant l'autoroute en direction de Cavite.

– Ne revenez ici que si vous êtes certains qu'il n'est plus derrière vous. Si vous n'arrivez pas à le semer, que Roberto te dépose quelque part en ville, là où il y a suffisamment de monde pour que tu puisses disparaître dans la foule, et qu'il continue seul. Rappelle-moi pour me dire où vous en êtes.

Cette fois, j'ai relevé de l'inquiétude dans sa voix.

Dès que nous sommes sur l'autoroute, Roberto roule aussi vite que la circulation le lui permet. Par sécurité, nous poussons jusqu'à la station balnéaire de Tagaytay, une vingtaine de kilomètres après Cavite City, avant de faire demi-tour. Personne ne semble nous avoir suivis. Aucune voiture n'a pris le relais de la moto à un moment ou à un autre. Malgré cela, nous ne revenons pas à Manille par le même chemin. Nous empruntons la route de l'aéroport international, puis nous rentrons dans Pasay City par Taft avenue. En cas de reprise de filature, il sera alors facile pour Roberto de me déposer en quelques secondes dans un quartier animé.

Pendant tout notre périple, je n'ai cessé de me demander ce qui avait pu se passer. Ai-je été reconnue par hasard dans la rue ou dans un magasin pendant que je faisais les courses ? La voiture était-elle repérée ? Ou bien, et ce serait beaucoup plus grave, la maison de Chico street était-elle sous surveillance ?

J'ai appelé Alfred pour lui dire où nous en étions et lui faire part de mes réflexions. De toute manière, la voiture est certainement repérée. Roberto doute que le motard ait pu relever l'immatriculation dans le flot de la circulation. D'après lui, il ne s'est jamais approché suffisamment pour cela. À moins que cette immatriculation ne soit déjà connue... Dans tous les cas il faut redoubler de précautions. Nous allons laisser la Toyota à bonne distance de Chico street et finir le chemin à pied. Roberto la rentrera au garage lorsqu'il fera nuit.

Pour la première fois depuis longtemps, la soirée n'est pas bonne. Le filet se resserre autour de nous, les mailles deviennent de plus en plus serrées. C'est presque palpable.

Le lendemain, samedi, tout semble normal alentour. Il n'y a rien de suspect, ni dans la rue ni dans le quartier. Roberto et Irène s'en sont assurés. Cependant, par mesure de précaution, je ne sors pas ce jour-là.

Je téléphone à Oddeth, qui me passe Grace, à qui j'explique la situation. Je lui dis que nous allons sans doute avoir besoin d'elle et de son mari. Je lui raconte ce qui s'est passé la veille. D'un moment à l'autre, nous devons nous attendre à quitter la maison de Chico street.

*
**

Dimanche 8 octobre, n'y tenant plus, je sors faire le tour du quartier vers 21 h 30. Il est 22 heures, à mon retour, lorsque je remarque une animation inhabituelle dans le petit magasin d'alimentation, juste en face de notre maison. L'établissement est toujours ouvert très tard, jusque vers 23 h 30, et il y a là aussi quelques tables où des consommateurs peuvent s'asseoir. À cette heure-ci, c'est habituellement désert, or cinq gaillards plutôt costauds sont attablés ; quatre d'entre eux jouent aux cartes sous le regard amusé du dernier. Devant la boutique, cinq motos sont garées sur la chaussée. De quoi s'inquiéter...

Alfred a éteint la lumière pour mieux observer le magasin. Au bout d'un moment il me confirme mon impression.

– Tu as raison... J'en ai déjà vu passer un ou deux dans la journée. Pas de doute, une surveillance a été mise en place depuis ce matin. Nous ne pouvons pas rester à cet endroit. Il faut partir. Et vite !

Jusqu'à présent, nous avons toujours réussi à conserver plusieurs longueurs d'avance sur la police, mais là nous sommes pris de court. Pour la première fois, je vois mon compagnon perdre en partie son calme. Le ton devient bref. Il envisage même de contacter l'ambassade de France pour se rendre. Il craint en effet que les choses ne prennent un tour désagréable. Elles pourraient même aller jusqu'à « l'extrême préjudice », comme l'on dit pudiquement dans les milieux du renseignement : une arrestation qui tourne mal... Et une belle occasion de se débarrasser de lui.

Il est vrai qu'à l'époque – je l'ai compris bien plus tard –, on pouvait souhaiter, dans divers milieux, que celui qu'on désignait comme le numéro deux d'Elf Aquitaine ne soit jamais traduit devant un tribunal.

Se rendre... Bien sûr il est toujours possible de trouver le téléphone ou le fax de l'ambassade de France, mais est-ce la bonne solution ? Il aurait fallu un minimum de préparation et de négociations pour que cela se passe dans de bonnes conditions, sans que l'on soupçonne Alfred Sirven d'avoir cédé à la peur. Je pense, en revanche, que nous devons quitter d'urgence non seulement la maison, mais aussi la ville. Notre virée involontaire de l'avant-veille jusqu'à Tagaytay m'a donné l'idée d'y chercher refuge. L'air y est plus sain qu'à Manille, dans tous les sens du terme. Et puis surtout, nous bénéficierons de l'anonymat d'une station balnéaire où il y a toujours beaucoup de va-et-vient. Qui plus est, la capitale est à une heure et demie de route. Là-bas, nous en aurons tous les avantages sans les inconvénients.

Alfred a retrouvé son calme et m'approuve. Seulement avant d'en arriver là, il faut trouver un moyen de sortir de la souricière. Nous n'y parviendrons pas tout seuls. Il est maintenant 23 heures, la tension est telle qu'il nous est impossible de trouver le sommeil. En désespoir de cause, je téléphone à Oddeth pour qu'elle demande à Grace de venir nous retrouver tout de suite avec Rener, afin que nous discutions de la situation tous ensemble. Oddeth insiste pour se joindre à nous. Alfred leur recommande de garer la voiture à distance et de finir le chemin à pied. Ils arrivent sans encombre peu après minuit.

Pour réussir à s'échapper, il faut créer une diversion. Mais pour que ce soit efficace, il doit y avoir au moins trois voitures. Nous avons la nôtre, Rener a la sienne, et Oddeth demande à son mari Ronnie de nous rejoindre avec son propre véhicule. Rener a appelé en renfort son copain Leo, un autre membre de la tribu Medina du côté de mon mari. C'est un garçon de vingt-sept ans, l'aîné de la bande à laquelle appartiennent aussi bien Roberto et mon fils Rafael. On peut lui faire confiance et il conduit très bien.

Il nous faut maintenant mettre au point une stratégie de « placement » dans les trois voitures. Pas question de me laisser avec Alfred, il vaut mieux limiter les risques en nous séparant. Il suffira de convenir d'un lieu de rendez-vous pour l'échange des passagers, quand nous aurons réussi notre fuite. Si Dieu le veut...

Il est donc convenu qu'Alfred et Grace prendront place dans notre Toyota, avec Roberto au volant. Dans la deuxième voiture, conduite par Leo, je serai avec Rener. Enfin, Ronnie prendra sa femme Oddeth avec lui, ainsi qu'Irène.

Tout est en place. Il s'agit désormais d'étudier les itinéraires, et de convenir du lieu de rendez-vous pour que je retrouve Alfred en chemin. Sur la route de Tagaytay, à une heure de Chico street, il y a une station-service ouverte la nuit qui fera très bien l'affaire. Ce sera le point de jonction. Quant aux itinéraires respectifs, ils se trouvent rapidement établis.

Il est convenu que Roberto partira à gauche, suivi par Ronnie qui prendra un axe transversal quelques secondes plus tard, tandis que la Toyota continuera tout droit. Quant à Rener, Leo et moi, nous partirons à l'opposé. Consigne générale : rejoindre les grands axes au plus vite pour pouvoir accélérer et maintenir les poursuivants à distance, jusqu'à l'autoroute où ils n'ont pas le droit de s'engager. Après quoi Ronnie et Oddeth rentreront chez eux, non sans avoir effectué un long détour, tandis que les deux autres voitures gagneront le point de rendez-vous de la station-service par un des chemins définis par Roberto et Leo.

Le départ est fixé à 4 heures du matin. Il me reste une heure pour finir de boucler les bagages. Je ne crois pas que nous réussirons à tout emporter, mais je fais le maximum avec Irène. Malgré cela, nous laisserons derrière nous une cave de vins français, des cigares et malheureusement aussi des photos récentes ainsi que divers papiers.

La Toyota étant au garage, on peut la charger tranquillement en évitant de faire du bruit.

À 4 heures, le jour n'est pas encore levé, la circulation est nulle. Il n'y a personne en vue, excepté l'homme laissé en faction près de la boutique en face qui semble avoir succombé au sommeil. Les cinq motos sont toujours là, preuve qu'il s'agit bien d'une surveillance. Les autres types doivent ronfler dans une ou deux voitures stationnées plus loin dans la rue. C'est le moment ou jamais d'en profiter.

Silencieux comme des ombres, le cœur battant la chamade, nous nous glissons dans les voitures sans claquer les portières. Dans une trentaine de secondes environ, Roberto lancera le moteur de la Toyota. À moins qu'une voiture ne s'annonce à un bout ou l'autre de la rue – auquel cas nous profiterions de son passage. Ce sera le signal du départ.

Tiny et Mimy, nos petits compagnons, sont avec moi. La chatte est calme dans son panier, la chienne, confiante, s'est couchée à mes pieds. Leo, très maître de lui, se tient prêt, la main sur la clé de contact.

Ces quelques secondes d'attente me semblent une éternité. À bord, personne ne dit mot. Chacun retient son souffle. Mon cœur cogne fort dans ma poitrine. Ce n'est pas possible ! Si ça continue, Rener et Leo vont l'entendre...

Dans l'espace restreint du garage, le démarrage du moteur de la Toyota déchire la nuit comme un coup de tonnerre. Mon cœur doit être passé à deux cents pulsations minute. Leo et Ronnie mettent le contact à leur tour. Nous en profitons pour claquer nos portières. Là-bas, l'homme de garde se dresse comme mû par un ressort, même s'il est encore tout chancelant. Roberto s'engage doucement sur la chaussée, à gauche, comme un honnête habitant sortant de chez lui pour une partie de pêche un dimanche à l'aube. Voyant cela, l'homme hésite sur la conduite à tenir. Roberto prend doucement de la vitesse, suivi par Ronnie. Au bout d'une vingtaine de mètres, il donne d'un coup toute la puissance du moteur et la Toyota se rue en avant. Dès que les deux voitures sont passées, Leo décolle doucement du trottoir et, suivant la même tactique que Roberto, s'éloigne à vitesse normale avant d'enfoncer carrément l'accélérateur.

Du côté de notre comité de surveillance, c'est la panique. Le veilleur a bondi sur sa machine, il s'élance derrière la Toyota en train de disparaître – toujours suivie de Ronnie qui, lui, ne va pas tarder à bifurquer sur la droite –, tandis que ses quatre coéquipiers se précipitent vers leurs engins, indécis quant à la direction à suivre. Apparemment deux d'entre eux nous ont pris en chasse, les trois autres sont donc derrière Roberto et Ronnie.

Nos deux poursuivants parviennent mal à nous suivre. À cette allure-là, dans trois minutes tout au plus nous serons sur le *Highway* et ce sera terminé pour eux. La Toyota, qui est nettement plus puissante que notre voiture, doit déjà avoir semé ses propres motards. Il reste seulement à espérer qu'un autre fou ne vienne pas nous couper la route. Ce serait la fin du voyage. Je demande à Dieu et à Marie, avec toute la ferveur dont je suis capable, d'accorder à chacun de nous sa protection et je me mets à prier comme une folle tout en me cramponnant de mon mieux.

Leo conduit remarquablement, très vite mais en souplesse. Comme Roberto. Il n'y a pas de doute, il est à son affaire, si bien que je suis presque détendue lorsque nous prenons l'autoroute.

Une heure plus tard, nous stoppons à la station-service. La Toyota arrive cinq minutes après et nous rejoint sur l'aire de stationnement. À peine la portière ouverte, Tiny saute prestement dans notre voiture et fait la fête à son maître. Je monte à mon tour avec la chatte, trop heureuse de retrouver Alfred. Le jour se lève. Je regarde nos bagages. J'ai l'impression fugace que nous sommes en route pour une nouvelle existence où rien de mal ne pourra jamais advenir. Je souris à mon compagnon, heureuse d'être en vie et de tout partager avec lui.

Grace s'est précipitée vers son mari comme s'ils étaient séparés depuis un siècle. Ils oscillent un moment dans les bras l'un de l'autre. Je les contemple avec tendresse. Comme ils sont beaux... Mon Dieu, pourquoi l'amour nous emplit-il si fort seulement quand on a le pressentiment de la fragilité des choses, et la peur de perdre à jamais l'autre moitié de soi-même ?

Leo et Roberto échangent un moment leurs impressions. Après un dernier adieu, nous prenons la route de Tagaytay tandis que la voiture de mes enfants s'apprête à faire demi-tour.

À Tagaytay, nous nous arrêtons dans l'un de ces gîtes ruraux qui fonctionnent jour et nuit comme des motels. Mon portable sonne. Oddeth et Ronnie sont bien rentrés. Irène, brisée par les émotions, est tombée endormie sur le canapé du salon, sitôt la porte franchie. Il est 5 h 30 du matin, nous sommes le lundi 9 octobre 2000.

*
**

Nous allons passer deux semaines dans cet endroit, comme un couple venu se reposer dans une station réputée. Mais un couple qui s'organise. La première chose à faire est de changer de voiture. Nous ne pouvons plus utiliser notre Toyota, dont le signalement et l'immatriculation ont dû maintenant être diffusés. Et sans moyen de transport nous sommes sérieusement handicapés, de surcroît très vulnérables. C'est Ronnie, le mari d'Oddeth, qui nous tire d'embarras. Ses parents habitent Cavite City, à une vingtaine de kilomètres de là. Il les a convaincus sans difficulté de nous prêter leur propre voiture. Comment un tel miracle est-il possible ? C'est ce que j'appellerai « l'effet Sirven » : Alfred s'est montré naturellement si aimable, si attentionné, si courtois avec les rares personnes rencontrées depuis son arrivée aux Philippines que chacun a à cœur de l'aider malgré les difficultés et les risques encourus.

Demain donc, nous aurons un autre véhicule. Voilà un point essentiel de réglé. Puisque mon compagnon est condamné à ne plus sortir du tout, il faut au moins que je conserve une certaine liberté de déplacement. J'ai modifié un tant soit peu ma coiffure et j'essaie de me faire la plus discrète possible.

Ce soir-là Roberto a attendu 22 heures pour prendre la route de Cavite. Il est de retour une heure plus tard avec celle des parents de Ronnie, une autre Toyota, mais d'un modèle différent : une FX Tamaraw blanche et verte aux vitres légèrement teintées ; la nôtre est maintenant à l'abri des regards dans un garage fermé. Je la récupérerai quelques semaines après l'arrestation.

*
**

Alfred et moi nous trouvions en fin de compte dans des situations diamétralement opposées. J'étais encore assez libre de mes mouvements – à condition d'être prudente – mais je ne pouvais pas quitter les Philippines, tandis que lui ne devait plus sortir mais avait toujours la possibilité de quitter le territoire de différentes manières, grâce notamment à un faux passeport français, ce que j'avais découvert récemment.

Au point où nous étions arrivés de cette cavale, mon compagnon aurait aimé pouvoir regagner l'Europe. Cela peut sembler paradoxal dans un archipel où il existe plus de sept mille îles, dont six mille – au moins – sont inhabitées. Durant la guerre, les Japonais y avaient installé des dépôts d'armes et de munitions. Soixante ans plus tard, tous n'ont pas encore été retrouvés, tant les caches possibles sont innombrables. Seulement nous ne sommes pas en guerre et Alfred Sirven n'a jamais envisagé de prendre le maquis.

L'espace Schengen a l'avantage de permettre la libre circulation des personnes, indépendamment de leur nationalité, dans un nombre suffisant d'États (quinze à l'époque, plus les membres associés comme la Norvège et l'Islande) pour qu'on espère y mener une vie plus normale, sinon plus libre qu'aux Philippines dans l'agglomération du grand Manille.

Mon compagnon m'expliquait tout cela. D'après lui, cela valait la peine d'être tenté, cependant il se refusait à partir sans moi. Et il se révélait quasiment impossible pour moi d'obtenir un visa pour où que ce soit.

Entre-temps j'avais trouvé à louer une petite maison assez délabrée, je dois en convenir, *Barrio Niogan*, qui pouvait nous abriter un moment. Une amie acceptait de la prendre à son nom. Deux semaines dans le gîte comme d'honnêtes vacanciers, c'était suffisant. La chance nous avait beaucoup accompagnés jusqu'alors, il ne fallait pas trop tirer sur la corde.

Nous avons emménagé le 24 octobre. J'avais dû faire un minimum d'achats car il y avait très peu de mobilier et celui-ci était en mauvais état, comme le reste d'ailleurs – notamment la robinetterie. À première vue, le confort se limitait à avoir l'eau et l'électricité. L'eau, nous n'allions pas en manquer, car la toiture aussi avait besoin d'être refaite. Nous étions à la fin de la mousson, avec les pluies abondantes et le cortège habituel de typhons sur cette partie de l'archipel, si bien qu'à chaque orage il pleuvait dans la maison. Nous devions placer des récipients et de vieux journaux par terre aux endroits stratégiques pour limiter les dégâts. C'était une occupation comme une autre. Nous avions choisi d'en rire. Mis à part ces inconvénients, notre maisonnette était agréable : trois petites chambres, une salle de séjour, une cuisine, une salle de bains, un garage et un jardin sur le devant comme sur l'arrière.

Curieusement, depuis peu Roberto ne réussissait plus à trouver nulle part, ni dans les kiosques ni dans les grands hôtels de la capitale, les journaux français. Alfred devait se contenter du *Herald Tribune* et des informations des chaînes de télévision que nous captions ici en moins grand nombre qu'à Manille. De ce fait il lui était plus difficile de suivre l'évolution de l'affaire dans laquelle il se trouvait impliqué.

Alfred était de plus en plus nerveux, et de plus en plus mal, aussi, avec lui-même. Mais avec moi il se montrait toujours rassurant, affectueux, encore plus tendre et plus doux qu'auparavant. Lorsque je me trouvais à Manille pour faire des courses et que nous tardions à rentrer avec Roberto à cause des embouteillages, il s'inquiétait.

– Chérie, me demandait-il au téléphone, est-ce que tu vas bientôt revenir ?

D'autres fois il m'appelait pour savoir si j'arriverais à temps pour dîner, parce qu'il avait préparé une bonne salade, la sauce des spaghetti bolognaise, et qu'il avait hâte que je sois là pour jeter les pâtes dans l'eau bouillante...

Comme le danger avait très sensiblement augmenté, il multipliait les conseils de prudence. « Fais attention, prends bien garde à toi ! » me répétait-il chaque fois que je m'apprêtais à sortir. Les difficultés que nous traversions l'avaient rendu encore plus attentif à mon sort.

À plusieurs reprises il m'a dit combien il regrettait de n'avoir pas pu me consacrer autant de temps qu'il le désirait par le passé, à cause de ses affaires. C'était très touchant de l'entendre parler de la sorte, car il m'avait constamment entourée et protégée depuis notre rencontre.

C'est vrai, le danger rendait les choses plus précieuses encore. Dans le huis clos de cette maison délabrée nous vivions au présent, au jour le jour. Je ne pensais pas à l'avenir, seulement à ceux qui nous avaient aidés et à ceux qui étaient encore susceptibles de le faire. Chaque journée passée était une journée de gagnée. J'avais fini par entendre la petite voix au fond de moi qui me disait que l'aventure allait devoir s'arrêter. Pourtant je continuais à regarder les choses et à me comporter avec la même foi, la même ferveur, comme si cela devait durer toujours.

Je vivais aussi, malgré moi, dans la peur d'une dénonciation. Parce que l'argent est une terrible tentation, surtout dans un pays pauvre. De toute façon je savais désormais qu'on arrivait au bout du sursis et que, le jour où l'homme de ma vie serait livré, d'une manière ou d'une autre, à la justice, j'entrerais dans une zone d'ombre dont rien ne pourrait me faire sortir, sinon sa mise en liberté. En attendant, je voulais vivre pleinement le quotidien. Il me servait d'horizon.

*
**

Nous sommes déjà à la mi-novembre lorsqu'un soir Roberto demande à nous parler.

– Voilà, c'est devenu trop dangereux pour moi de continuer, nous dit-il en guise de préambule. On surveille mes parents, on les menace, on pose des questions autour de moi à mon sujet... Il faut que j'arrête ! Je suis désolé de vous dire les choses comme cela, au moment où vous avez tant besoin d'être aidés, mais les flics sont maintenant persuadés que je peux les mener jusqu'à vous. Ils ne me lâcheront plus. Je deviens même un vrai risque pour vous. Si vous le voulez bien, c'est Leo qui me remplacera. Nous en avons parlé tous les deux. Il est d'accord. Comme cela, on ne vous laisse pas tomber. Quant à moi je vais aller prendre des grandes vacances à Macao. Ce ne sera pas mauvais de mettre un peu de distance entre Manille et moi. J'ai fait une réservation d'avion pour le 5 décembre. Quand je rentrerai, je vous ferai signe. Si c'est nécessaire, je remplacerai Leo quelques jours à ce moment-là, le temps pour lui de prendre un peu de repos.

Cher Roberto, comme je te comprends, moi qui pense sans cesse à mes enfants en me demandant quand je les reverrai...

Début décembre ma fille Grace est retournée au Canada avec le bébé, en compagnie de son plus jeune frère. Wilnard a décidé d'assister sa sœur tant que Rener resterait à Manille pour ses affaires, et pour nous aider. Bien que six mois se soient écoulés,

Grace est encore très fatiguée à la suite de la césarienne. Et ce ne sont pas les dernières semaines passées ici qui l'auront aidée à se remettre.

Désormais, tous ceux qui de près ou de loin me sont apparentés font l'objet d'une surveillance plus ou moins régulière et plus ou moins discrète. Ils sont aussi l'objet de menaces téléphoniques. La police, selon toute vraisemblance, cherche à créer un climat d'insécurité propre à déstabiliser mon entourage. Aucun doute : c'est par moi ou par mes proches qu'ils espèrent remonter la piste conduisant à la cache d'Alfred Sirven.

Ma fille Oddeth, notamment, reçoit des coups de fil quotidiens. Sa maison est constamment surveillée et quelqu'un s'est déjà introduit chez elle pour dérober des photos. Il est vrai qu'elle habite à proximité de l'Église du Christ où, depuis le fameux article de *Paris Match* révélant mon appartenance et celle de ma famille à la secte, des policiers et des journalistes rôdent en permanence.

En Europe de l'Ouest, l'influence de la religion ne peut être comprise aujourd'hui comme elle l'est ici aux Philippines, où la relation entre l'Église catholique et l'État[1] est forte. Dans la vie du pays, l'Église catholique compte au moins autant qu'un grand parti politique. Quant à l'Église du Christ *(Iglesia ni Cristo)*, une branche dissidente, elle ras-

1. En France, la séparation de l'Église et de l'État a été votée par le Parlement le 9 décembre 1905.

semble plus de six millions de fidèles aux Philippines et des congrégations dans plus de soixante-dix pays. Fondée en 1914, elle constitue en réalité la troisième force cultuelle de la nation, dont la population est chrétienne à 85 %.

Depuis le début de l'année 2000, la religion a pris une importance croissante aux Philippines en raison d'un climat politique troublé. Le président de l'époque, Joseph Estrada, faisant l'objet d'une procédure de destitution, l'Église catholique s'est rangée dans l'opposition au chef de l'État dont elle réclame la démission. De son côté, à chaque élection, l'Église du Christ donne à ses ouailles des consignes de vote similaires qui sont rigoureusement suivies. Et elle a un impact réel sur la vie de la nation.

De là à faire un rapprochement entre Vilma Medina, compagne de cavale et protectrice de l'ex-grand argentier d'Elf Aquitaine, et l'Église du Christ, il n'y a qu'un pas, vite franchi. Aux yeux de beaucoup – journalistes et policiers – la secte abrite sans doute Alfred Sirven, ce qui explique pourquoi il échappe à la justice depuis plusieurs années. C'est un peu simpliste. Pour notre clergé, en effet, je suis une femme mariée vivant dans le péché, ce qui me met en position d'exclusion. On va même jusqu'à vouloir excommunier mes enfants pour que ma « faute » ne rejaillisse pas sur la communauté. Un haut responsable de la secte va d'ailleurs devoir démentir officiellement les allégations selon lesquelles l'Église aiderait le fugitif. Voilà où nous en sommes !

⁂

Il y a maintenant plusieurs mois qu'Alfred est obligé de vivre cloîtré. Il commence à ne plus pouvoir le supporter. Aussi, en décembre, envisage-t-il sérieusement de se rendre, comme il y a déjà pensé en octobre. Pour garder l'avantage de cette reddition il faut faire les choses en règle, c'est-à-dire prendre d'abord contact avec le ministère de la Justice philippin – puisque Alfred Sirven est officiellement recherché par la police de ce pays – et informer ensuite l'ambassade de France de la démarche en cours, le mandat d'amener international étant délivré par la France.

En prenant cette initiative, mon compagnon est en position de négocier une date avec les autorités, de toute façon il compte envoyer ses courriers après son anniversaire, le 6 janvier.

– Nous sommes à quelques jours de Noël, comme cela, nous pourrons passer une dernière fois les fêtes ensemble sans être dans l'angoisse, me confie-t-il un matin en m'exposant son idée. Tu reprendras ensuite une vie normale avec tes enfants. Et si tu veux bien m'attendre, nous nous retrouverons plus tard...

J'étais émue aux larmes en l'entendant parler de quelque chose d'aussi grave de cette manière. Comme je l'ai déjà dit, il voulait gagner du temps par tous les moyens, pour que nous partagions encore un maximum de choses avant d'être séparés. Il m'expliqua aussi qu'il avait pris cette décision avant même de venir me retrouver aux Philippines...

Rener proposa de taper les courriers puis de les faxer, lorsque Alfred les aurait relus et signés. En attendant j'écrivis une lettre à l'Église du Christ, que mon gendre leur adressa par fax. Dans ce courrier, je confirmais qu'Alfred Sirven n'avait jamais envisagé de faire appel aux plus hautes instances ecclésiastiques de la secte pour ses contacts éventuels avec les autorités philippines. Si besoin était, il entrerait directement en relation avec le ministère de la Justice.

Ce fax allait avoir des effets insoupçonnés, et provoquer indirectement l'agression de ma fille Grace au Canada.

Lorsqu'il était venu à Manille en octobre, en effet, Rener, mon gendre, avait apporté son fax pour être en mesure de suivre ses affaires. Seulement il ne lui était pas venu à l'idée de modifier les paramètres d'identification habituels, comme le nom de la société émettrice et le numéro de téléphone de l'expéditeur. En haut de chaque fax émis, on pouvait donc lire un numéro de téléphone commençant par le préfixe international du Canada.

Dès lors ce fut la ruée. Pour les policiers et les journalistes qui rôdaient autour de l'Église du Christ et qui eurent connaissance du fax, il devint évident qu'Alfred Sirven s'était réfugié au Canada.

Le 24 décembre, tandis que Rener faisait les courses pour notre dernier réveillon ensemble, un homme à moto le prit en filature un moment puis donna un grand coup dans sa voiture au passage avant de disparaître.

– Je ne sais pas qui c'était, ni ce qu'il voulait dire. Était-ce un avertissement ? Mais quel avertissement ? En tout cas il ressemblait bien aux costauds de Chico street, nous dit mon gendre.

Parler des fêtes de fin d'année serait un bien grand mot. À Noël, nous étions tous les deux avec Leo, Irène et Rener dans notre maison aux quatre vents. Nous nous efforcions de ne pas penser aux lendemains. Le moment fatidique viendrait bien assez vite. Nous célébrions simplement l'amitié. C'était loin d'être un 24 décembre comme les autres, mais l'atmosphère était chaleureuse, presque détendue. Une décision avait été prise. L'aventure allait s'arrêter.

Nous ne nous sommes pas mis en frais non plus pour la nouvelle année. Elle n'annonçait que des épreuves. D'ailleurs, elle commença bien mal. Deux jours avant l'anniversaire d'Alfred Sirven, Rener, bouleversé, nous apprit que Grace avait été agressée dans son immeuble, au Canada, par deux individus. Ils voulaient lui faire dire où nous étions, Alfred Sirven et moi. Wilnard les avait mis en fuite. Encore sous le coup de l'émotion, Grace venait de raconter à son mari ce qui s'était passé.

Dans l'après-midi, elle avait eu l'impression d'être suivie dans la rue par un ou deux hommes. Ils avaient disparu lorsqu'elle était rentrée chez elle. Son appartement est situé au dix-huitième étage d'un immeuble qui en comporte trente. Au septième étage, il existe un espace de service commun, avec des machines à laver le linge. Grace est seule à ce moment dans la pièce quand deux hommes qui sortent de l'ascenseur lui sautent dessus et la maîtrisent. Ils la frappent. L'un d'eux la saisit par les cheveux et la bâillonne de l'autre main pour l'empêcher de crier, tandis que le second lui tord les bras dans le dos. L'agression a peut-être duré dix secondes, pas davantage. Ils l'ont ensuite entraînée vers l'ascenseur resté bloqué à l'étage. Une fois dans l'appartement, ils ont recommencé à lui balancer des gifles en la sommant de dire « où sont Sirven et ta mère ! » L'arrivée de Wilnard avec le bébé les a mis en fuite.

Mon fils a prévenu la police. Les policiers ont conduit Grace aux urgences. Elle était choquée mais n'avait que des contusions. Les coups n'avaient pas été appuyés. On avait cherché à lui faire mal, mais pas à la blesser. On avait surtout espéré la terroriser pour qu'elle révèle notre adresse, ce qu'elle aurait été bien en peine de faire puisqu'elle ne la connaissait pas.

Qui étaient ces gens que l'apparition d'un jeune homme et d'un bébé avait fait fuir ? Certainement pas de vrais malfrats. Cette action déshonorante, pour ceux qui l'ont commise comme pour ceux qui l'ont commanditée, ressemble fort à une intimidation. C'est ce que j'ai appelé une barbouzerie minable.

Cette agression eut le don de mettre Alfred hors de lui. Depuis longtemps il considérait Grace comme l'un de ses enfants.

– C'est un coup tordu de ces salauds ! Eh bien puisque c'est comme ça, cela ne sert à rien que je me rende. S'ils me veulent, ils viendront me chercher !

Il était rouge de colère, et rien par la suite ne réussit à le faire revenir sur sa décision. Seule la lettre de reddition – non signée –, restée dans ses affaires et saisie par la police au moment de l'arrestation rocambolesque du 2 février témoigne de sa volonté de mettre fin de lui-même à sa cavale philippine.

Cet épisode dramatique nous a encore rapprochés et, malgré tout ce qui se tramait autour de nous, je crois pouvoir dire que nous étions heureux. En tout cas j'avais conscience du bonheur, de sa fragilité relative et de sa valeur. Parce que Alfred Sirven vivait près de moi comme un prisonnier, je pris conscience du cadeau de la liberté. Je ne regardais plus les gestes du quotidien comme quelque chose de banal ni comme un dû. Chaque jour libre était un don du Ciel. J'en avais bien conscience lorsque Roberto m'a appelée, tout joyeux, le 29 décembre, pour nous annoncer son retour. Je m'en souvenais toujours le 2 février au matin, quand nous sommes partis avec Leo pour chercher Roberto à l'aéroport.

Et je me rappelle comme si c'était hier ce jour où l'homme que j'aime me fut brutalement enlevé...

X

Pour le pire et pour le meilleur

Février 2001. Mimy, la chatte, n'est pas revenue à la maison. Irène est retournée à Tagaytay pour la chercher le lendemain de l'arrestation, mais en vain. Elle a pourtant passé l'après-midi là-bas, fenêtres grandes ouvertes, occupée à remettre de l'ordre dans la maison dévastée par la perquisition. La nourriture et l'eau laissées à l'intention de la chatte n'avaient pas été touchées.

Je sens encore la présence affectueuse de Mimy dans mes jambes en cette fin de journée maudite du 2 février, tandis que je rassemblais mes affaires. Elle est restée tout le temps près de moi, avec notre chienne Tiny. J'ai mis des larmes sur sa fourrure soyeuse en la caressant, elle a ronronné dans mes bras, mais au moment du départ elle avait disparu. Il est vrai qu'elle était très attachée à Alfred, dont elle ne s'éloignait pratiquement jamais.

Irène m'a dit avoir tout essayé pour la retrouver, et je la crois volontiers. La chatte a sans doute compris que son maître ne reviendrait pas. Elle m'a attendu pour me dire adieu, puis elle a repris sa liberté. Elle est partie exactement comme elle était venue, sans que rien ne le laisse présager. Cette petite compagne va me manquer...

*
**

Le 15 février, j'ai reçu la nouvelle de la mort de mon père comme un coup de poing. Ma demi-sœur ne sachant pas où me joindre avait prévenu Oddeth.

– Quand ? Mais comment est-ce arrivé ? demandai-je à ma fille, effondrée, quand elle m'apprit la nouvelle.

Oddeth ne savait pas quoi répondre, sinon que le cœur avait lâché.

Cette mort brutale me bouleversait d'autant plus que mon père était apparemment en parfaite santé. Il n'était pas cardiaque. On ne lui connaissait aucune maladie décelable. L'intervention chirurgicale subie au mois d'août était bénigne, sans rapport possible avec ce qui venait de se produire.

J'avais dans la bouche un goût amer d'injustice. La disparition de cet être cher m'atteignait de plein fouet, avec la force d'une punition divine. Mon père, que les circonstances avaient éloigné de moi dans mon enfance, m'était néanmoins très cher. Et il s'était sans doute fait beaucoup de souci pour moi. Peut-être n'avait-il pas supporté la pression des événements ? Il avait dû subir, lui aussi, le harcèlement des policiers et des journalistes qui cherchaient à atteindre Alfred Sirven à travers ma personne et les miens. Tout cela avait fini par faire trop d'émotions pour un monsieur plus très jeune, habitué à une vie tranquille. Bref, j'avais tué mon père !

J'éprouvais un tel sentiment de culpabilité qu'il me conduisit presque au suicide. Comme je l'ai déjà dit, seule la pensée de mes enfants, du bouleversement égoïste et bien inutile que je risquais d'apporter dans leur existence et la prière m'en dissuada. Il est vrai que j'étais en pleine dépression. Je subissais le contrecoup de la tension de ces deux dernières années. L'arrestation d'Alfred Sirven, l'acharnement de la presse à vouloir tout savoir, tout expliquer – quitte à inventer – sur ma famille et sur moi-même avaient eu raison de mes forces.

Pour arriver à temps à la veillée funèbre, Oddeth et son mari prirent l'avion le jour même afin de se rendre dans l'île de Samar. La police et la presse philippines guettaient à l'arrivée.

– Maman, ne viens pas par l'aéroport de Catbalogan et ne prends pas le bateau non plus, me téléphona ma fille à peine débarquée, car ils t'attendent ici.

Comme rien ne m'aurait empêchée de voir mon père une dernière fois, je demandai à mon avocat de m'accompagner. Il possédait une maison dans l'île voisine de Leyte, reliée à celle de Samar ; nous pourrions nous poser là-bas, à Tacloban, et continuer ensuite par la route vers le nord. Pour préserver au maximum mon incognito, nous avons voyagé de nuit. Je suis arrivée chez mon père à 2 heures du matin et j'en suis repartie à 6.

Malheureusement je n'ai pas pu assister aux obsèques, cinq jours plus tard, en raison de l'intérêt dont je faisais encore l'objet aux Philippines. Je ne sais même pas au juste où il est enterré... Le jour des funérailles, je pleurais seule dans ma retraite, loin des miens, la disparition de cet homme doux qui m'avait tellement manqué, et dont je ne connaissais même pas l'âge.

Mon père était mort, Alfred en prison, j'ignorais quand j'allais le revoir : j'entrais de plain-pied dans la période la plus noire de ma vie.

Je prenais sur moi pour donner le change, comme j'avais appris à le faire depuis tant d'années. Je finis par accepter de recevoir le 21 février deux journalistes français du *Figaro-Magazine*. L'hebdomadaire me consacrait six pages avec photos, pour résumer ma rencontre avec Alfred Sirven et sa cavale philippine. Comme je n'avais pas encore l'autorisation de lui écrire en prison, je vis là l'occasion inespérée de lui faire parvenir une lettre ouverte. Il n'avait pas le droit de recevoir du courrier, mais il pouvait lire la presse.

Même si ce n'était pas la manière la plus appropriée pour entreprendre une correspondance amoureuse, il me paraissait important de lui faire savoir, en une vingtaine de lignes rendues publiques, que j'étais toujours là près de lui, même si nous étions loin l'un de l'autre, de lui dire que son absence avait créé un vide immense en moi, et que Dieu seul savait à quel point je Lui étais reconnaissante d'avoir placé un homme tel que lui sur mon chemin. Quoi qu'il arrive, je l'attendrais...

Fin février, avec l'assistance de mon avocat, je répondis encore à une interview – téléphonique cette fois – du journal *Le Monde*. C'est à peu près tout ce que j'acceptai à cette époque. Mon défenseur me disait que dans la presse française et dans la presse internationale on parlait à longueur de colonnes de l'affaire Elf et d'Alfred Sirven, mais plus de Vilma Medina. Si l'on cherchait encore à m'approcher, plusieurs semaines après l'arrestation, c'était surtout dans le but de nourrir des ragots, et de donner de mon compagnon l'image d'un homme corrompu et sans scrupules. Quant à moi, de toute évidence je mentais en affirmant ne rien connaître aux dessous de l'affaire Elf ni au passé de mon compagnon. On cherchait aussi à savoir quel genre de femme pouvait avoir accompagné l'ex-numéro deux d'Elf Aquitaine dans sa fugue, si j'avais récupéré beaucoup d'argent et si je détenais des informations. Tout le reste leur semblait secondaire.

Selon mes interlocuteurs et la manière dont on parlait de moi, j'étais assimilée tantôt à une émule de Mata-Hari, tantôt à une parfaite idiote, ou bien encore à une créature machiavélique qui avait « siphonné » l'argent d'Alfred Sirven avec l'aide de sa famille.

*
**

La mort de mon père, curieusement, m'a fait sortir de mon enfermement. J'étais décidée à me battre, c'est-à-dire à retrouver une existence normale avec mes enfants, travailler, ne plus songer au passé mais penser seulement à l'avenir et au moment où je pourrais aller voir l'homme qui me manquait à Paris.

La police cessa rapidement de s'intéresser à ma famille et à moi-même. Mon avocat me confirma qu'il n'y avait jamais eu aucune charge retenue directement contre moi. Je n'avais donc pas de raison d'être inquiétée. Je préférais cependant rester quelques semaines encore en retrait, le temps de me faire oublier et d'achever de me ressaisir.

Les journalistes locaux rôdaient toujours, aussi je décidai de ne pas retourner dans la maison de Quezon City. Comme je ne pouvais décemment pas encombrer mon amie Marta plus longtemps, avec ce qui me restait comme argent je louai un petit deux pièces, pas très loin de chez elle, où je m'installai jusqu'au mois de juin 2001. Disons plutôt que je m'y cloîtrais. Certes, on ne me connaissait pas dans ce quartier où j'avais vécu deux semaines, enfermée chez mon amie, mais j'évitais de sortir. Pour me faciliter les choses, Marta – toujours elle – demanda à sa femme de ménage de faire mes courses en même temps que les siennes.

Le plus simple pour redémarrer était de remonter un petit commerce de sacs en plastique, comme celui de mes beaux-parents au début de mon mariage avec Rafael. C'était ce qui exigeait le moins d'investissements. Une boutique modeste dans un quartier populaire au centre de Manille ferait l'affaire. J'en parlai à mes enfants : les trois d'entre eux qui se trouvaient sur place – Grace habitait toujours au Canada – acceptèrent de travailler avec moi.

Pour créer notre mini-entreprise familiale, je devais quand même emprunter. Cinquante mille pesos (l'équivalent de mille euros) suffiraient. Si tout allait bien, je pourrais rembourser rapidement et autofinancer le développement de cette microsociété. Le titre de propriété de mon terrain de Butuan, la caution de ma fille Oddeth sur la maison de Quezon City et la mise en gage des bijoux qu'Alfred m'avait offerts suffiraient à garantir mon emprunt.

Je n'eus en effet aucun mal à obtenir la somme nécessaire au démarrage de l'affaire. Entre-temps j'avais trouvé la boutique, si bien que nous avons commencé notre business en juin. Travailler me faisait du bien. C'était, avec mes enfants, la meilleure thérapie qui soit. Je réapprenais à vivre au quotidien, à rire et à chanter.

Mon bonheur, en fait, relevait surtout des lettres d'Alfred Sirven. J'en possédais déjà cinq, dont quatre de sa main, puisque le premier petit mot que j'avais lu et relu des centaines et des centaines de fois, celui qui m'avait redonné les lumières de la vie au cœur du tumulte où je me trouvais plongée depuis le 2 février, avait été dicté. Depuis, je recevais une lettre par mois en moyenne. Par ailleurs, un des avocats d'Alfred me donnait régulièrement des nouvelles rassurantes de mon compagnon. À son premier appel, j'avais posé la question de savoir quand je pourrais me rendre à la prison de la Santé. Depuis, j'attendais la réponse. Je savais qu'elle serait longue à venir, mais c'était mon horizon et je me disais que l'attente ne se prolongerait pas indéfiniment.

Avec Alfred, nous entretenions une correspondance amoureuse, à des années-lumière de toute autre préoccupation. Il ne me parlait jamais de sa détention et, de mon côté, je ne lui racontais que les petites choses de la vie, du travail, des enfants, de ce qu'il aimait. Toutes ses lettres se terminaient par des mots tendres et très doux ; toutes les miennes par des « je t'attendrai toujours », une petite phrase qui peut sembler mièvre quand on la lit comme ça, sans émotion, mais en fait le plus beau serment que j'aie jamais eu envie de prononcer.

*
**

Je n'achète pas les journaux pour savoir ce que l'on raconte. Je l'ai déjà dit : je ne m'intéresse pas à l'affaire Elf. D'ailleurs la presse philippine ne rend pas compte de son avancement. Les seuls échos viennent des informations télévisées. Un commentaire par-ci, par-là. Je ne l'entends vraiment que si l'on prononce le nom d'Alfred Sirven.

Je passe tous mes week-ends en famille, très entourée par mes enfants, leurs compagnons ou leurs conjoints et mes cinq petits-enfants, sans oublier

Leo, Roberto et son épouse. Après l'église, le dimanche, il n'est pas rare que nous nous retrouvions une vingtaine de personnes à table. J'ai cuisiné avec plaisir toute la matinée pour ce petit monde.

Je vois aussi régulièrement mes trois amies, les deux femmes qui m'ont rendu service, et Marta. Ma vie est équilibrée de cette façon. Parfois quelqu'un me demande si je ne suis pas inquiète pour Alfred Sirven, en raison des charges retenues contre lui. Je réponds : « Non ! » L'avocat m'a expliqué qu'il risquait au maximum dix ans de prison ferme et que, parfois, il pouvait y avoir une libération conditionnelle au bout de cinq ans.

Dix ans c'est beaucoup, mais rien ne dit que le verdict se révélera aussi lourd. Il n'a assassiné personne et beaucoup d'autres responsables sont impliqués – trente-sept, je crois. Je considère sans doute naïvement qu'il y a sur cette planète des choses plus graves, pour soulever l'indignation universelle, que des histoires d'argent, aussi conséquentes soient-elles. Je pense aux guerres incessantes, à la faim, aux maladies endémiques, aux actes de terrorisme ou aux génocides sur lesquels l'Occident ferme les yeux pour des raisons politiques ou d'intérêts économiques. L'affaire Elf ne serait-elle pas, précisément, l'un des arbres qui cachent la forêt ?

*
**

Pour que la situation soit claire, j'ai entamé avant la fin de l'année 2001 une procédure en annulation de mariage, puisqu'aux Philippines le divorce n'existe pas. Je ne pense pas avoir beaucoup de difficultés à obtenir satisfaction. Rafael, mon mari, a aujourd'hui trois enfants avec une autre femme, ce qui ne l'empêche pas de voir les nôtres. Grace aime toujours beaucoup son père. Elle et moi continuons à lui donner de l'argent par affection. Ce n'est pas un mauvais homme, seulement il n'était pas destiné à faire un mari. Ni les enfants ni moi n'avons jamais pu nous appuyer sur lui comme nous aurions aimé le faire.

Il faudra attendre un an avant que la dissolution du mariage soit prononcée. La page est définitivement tournée en décembre 2002.

Cette année 2002 a passé tout entière comme les derniers mois de 2001 : le commerce, la famille, les lettres d'Alfred, nos tête-à-tête épistolaires aussi indispensables à mon équilibre que le travail ou mes propres enfants. Il y a tant de sentiments dans les mots et entre les lignes, alors que nous sommes loin l'un de l'autre, dans l'impossibilité de nous voir et de nous téléphoner, que je me surprends à guetter le courrier, le cœur battant...

Il y a vingt-deux mois maintenant qu'Alfred Sirven a été incarcéré. J'espère être bientôt autorisée à le voir. Pour ne pas être prise de court, en décembre 2002 je fais une demande de visa à l'ambassade de France afin d'être prête à partir dès que l'autorisation de visite me sera donnée. Une semaine plus tard, ce visa m'est accordé pour six mois, jusqu'en juin 2003.

Au début de la nouvelle année, je suis donc pleine d'espoir. Il me faut encore un peu de patience, me dit mon avocat, mais selon lui les choses sont en bonne voie. Il a pris contact avec l'immigration et le ministère de la Justice français, via l'ambassade, pour obtenir les papiers nécessaires à ma venue en France, notamment une attestation selon laquelle aucune charge n'est retenue contre moi.

Bientôt, c'est acquis : je pourrai me rendre à Paris en mai. Je bondis de joie. Il y a près de deux ans que j'attends ce moment. Cinq mois c'est encore bien long, mais pour la première fois je peux commencer un compte à rebours. L'horizon a cessé de reculer. Désormais chaque jour me rapproche vraiment de l'homme de ma vie. Il serait exagéré de dire que je ne vois pas le temps s'écouler, mais tout devient beaucoup plus facile pour moi.

Pour calmer mon impatience, je décide d'aller passer quelques jours au Canada, début mai, près de ma fille Grace. J'ai hâte de la voir et de retrouver mes petites-filles, surtout la dernière que j'ai à peine connue. De là je prendrai un vol direct pour Paris. À deux semaines du départ, je m'affaire comme une collégienne avant son premier rendez-vous.

Le hasard veut que je voyage avec mon propre avocat et sa famille. Ils partent justement en vacances au Canada. Nous nous sommes retrouvés à l'enregistrement des bagages. Nous bavardons gaiement jusqu'au moment de passer en salle d'embarquement. À mon tour, je présente mon passeport au contrôle lorsqu'un homme en civil se matérialise près de moi.

– Miss Medina, vous voulez bien me suivre au bureau un instant ? Ce ne sera pas long...

– OK !

Pas de doute, c'est un fonctionnaire de police. Je lui emboîte le pas, très sereine. Mes papiers sont en règle. Que peut-il bien me vouloir ?

Je ne vais pas tarder à le savoir. Et une douche glacée ne me ferait pas plus d'effet. À en croire le policier, depuis l'an 2000 je suis, paraît-il, frappée d'une interdiction de quitter le territoire national à la demande de la police française. Première nouvelle ! Personne ne m'a jamais parlé de cette histoire, je n'ai reçu aucune convocation ni aucune notification en ce sens. Qui plus est, toutes les démarches sont passées par mon avocat. Il s'est assuré qu'aucune charge ne pesait contre moi. D'ailleurs, l'ambassade de France m'a accordé le visa en liaison avec le bureau de l'Immigration. Ce doit être une erreur !

J'ai beau argumenter, tempêter, faire venir mon avocat qui explique lui-même la situation, le fonctionnaire lui oppose une directive de son administration que rien n'invalide à ce jour. Pour quelle raison suis-je sous le coup de cette interdiction ? Il n'en sait rien. On ne le lui a pas dit. Ce n'est pas écrit non plus. Mais que l'on prenne le problème dans un sens ou dans un autre, une seule chose est certaine : je ne partirai pas. De toute manière l'avion, lui, ne m'attendra pas. Mon avocat doit m'abandonner, en plein désarroi, au dernier appel pour ne pas manquer son vol. On ne me met pas en prison, on ne me place pas en garde à vue. Mes bagages ont été récupérés. Je dois seulement rentrer chez moi.

Devant ce petit fonctionnaire, dans ce bureau impersonnel, j'éprouve la plus grande humiliation de ma vie. Ici, autour de moi, dans cet aéroport, tout le monde est libre de ses mouvements, sauf moi. Je ne suis pas attachée, je n'ai pas de menottes, je n'ai pas de boulet au pied comme autrefois les forçats, mais je suis privée de ma liberté sans même connaître la raison de cette décision.

Dans le taxi qui me reconduit à la maison, je pleure à chaudes larmes. Ce n'est pas possible, mon avocat s'est fichu de moi ! Et comment l'ambassade a-t-elle pu m'accorder un visa si je suis sous le coup d'une interdiction de quitter le territoire remontant à deux ans ? Je n'y comprends plus rien.

Le temps de poser mes valises et je téléphone à l'un des confrères de mon conseil afin qu'il prenne cette histoire en main. Ce n'est plus de l'humiliation, mais de la rage. Je ne vais pas attendre le retour des vacances du cher maître pour agir. Je suis tellement hors de moi que j'en oublie d'appeler Grace pour lui dire de ne pas venir m'attendre à l'aéroport. C'est elle qui finit par me joindre, plutôt inquiète de n'avoir trouvé personne. Je lui résume la situation brièvement et je pleure une fois de plus en lui débitant mon récit. Après cinq mois d'attente, la déception est trop forte. Je suis brisée.

Le nouvel avocat a beau faire du zèle, il lui faut quand même cinq semaines pour obtenir gain de cause. On ne sait toujours pas pourquoi je n'ai pas le droit de quitter le territoire si ce n'est, peut-être, parce que deux policiers français – lesquels ? Il n'y en a plus aucun à Manille depuis le 2 février 2001 – veulent m'entendre. C'est une histoire à dormir debout.

En fin de compte, l'interdiction est levée en juillet 2003. Je suis soulagée. J'ai la sensation d'être lavée d'une salissure qui me collait à la peau. Seulement mon visa est périmé depuis un mois ! Retour à la case départ. Il faut reprendre les démarches. L'avocat continue sur sa lancée, refait tous les papiers, prend contact avec le confrère qui s'occupe d'Alfred Sirven et décroche un nouveau visa le 25 juillet. Je bondirais bien dans le premier avion, seulement je ne suis pas autorisée à voir le détenu avant la deuxième quinzaine d'octobre. La marche de l'instruction, ou que sais-je encore, me l'interdit. Si ça continue, je vais devenir folle !

Heureusement, une lettre d'Alfred arrive à point nommé pour me redonner du courage. En la lisant, je m'en veux un peu de tant me plaindre alors que je suis tout de même libre d'aller et venir à ma guise dans mon pays.

⁂

Le 14 octobre 2003, j'embarque dans un vol Air France direct pour Paris. Cette fois, personne n'a tenté de m'en empêcher. Le fonctionnaire de police m'a rendu mon passeport avec un grand sourire. Nous sommes à dix mille mètres d'altitude, en plein dans le bleu du ciel. Le soleil joue sur les ailes de l'appareil qui réfléchissent la lumière comme des miroirs. Je me laisse bercer par le chuintement des réacteurs, mais je suis trop excitée pour m'endormir vraiment. Cette fois, ça y est : je vais revoir l'homme de ma vie, retrouver Paris, ma chère Lorna et tous mes amis philippins de la capitale ; il y a six ans que je les ai quittés.

L'avion se pose à 17 heures à Roissy-Charles-de-Gaulle. Je gagne directement mon hôtel dans le 14e arrondissement, quartier Denfert-Rochereau, à proximité de la prison de la Santé. Le moment venu, je veux pouvoir être à l'heure en m'y rendant à pied. J'ai à peine défait mes bagages que la fatigue me tombe sur le dos. Je m'écroule sur mon lit. Je me réveille d'un coup, en pleine forme, à 5 heures du matin. Il fait nuit noire. J'entreprends quelques rangements puis je m'active à ma toilette. Je me force à attendre 6 heures et demie avant de sortir. Dehors, l'air est frais. Je vais repérer les hauts murs derrière lesquels se trouve mon compagnon de vie. Quand vais-je pouvoir les franchir ? En attendant que les dernières formalités de visite aboutissent, je ne vais quand même pas faire monter l'angoisse en arpentant tous les trottoirs qui bordent la prison ! Je m'engouffre dans le métro pour aller rejoindre Lorna. Je retrouve avec plaisir le bruit de la rame entrant en station avec un grand déplacement d'air, le claquement du déverrouillage pneumatique des portes, le hululement lancinant de la motrice, le défilé des panneaux publicitaires à chaque entrée en gare... J'ai le cœur en fête !

À 7 heures, je débarque sur les Champs-Élysées. Ce sont pour moi des retrouvailles extraordinaires. Je monte et je redescends la plus belle avenue du monde en m'emplissant les yeux des vitrines toujours éveillées. Il n'y a pratiquement pas âme qui vive, à part quelques silhouettes pressées. Je marche sur le pavé de la liberté et j'adresse au vent les mots d'amour qui débordent de mon cœur.

Trois quarts d'heure plus tard, je m'installe dans un café pour attendre mon amie Lorna. Elle ne sait pas que je suis là. J'ai décidé de lui faire la surprise. Elle n'arrivera probablement pas avant 10 heures, mais qu'importe, j'ai tout mon temps.

Je regarde le jour se lever, l'avenue s'animer, la lumière du jour reprendre les façades à la nuit et les ciseler à sa manière. Je suis comme une gosse devant un sapin de Noël. Je souris aux anges, béate, ma tasse de café à la main. Je me sens tellement bien, je suis tellement heureuse, que je dois avoir l'air parfaitement idiote. Mais aujourd'hui, qu'est-ce que ça peut faire ?

À 9 heures je vois passer le patron de Lorna, sérieux comme un homme d'affaires, mais décontracté aussi, je suppose, puisque lorsque je vais sonner à la porte de l'agence, à 10 heures, c'est encore fermé.

À 10 h 30, on m'ouvre enfin. Mais Lorna n'est pas là. Elle a pris un jour de congé. Je demande qu'on lui téléphone car je ne connais pas son numéro de domicile. Sans dire un mot, son boss le compose et me tend le combiné. J'ai droit au répondeur. Je souris en reconnaissant le timbre très professionnel de la voix de mon amie, et je lui laisse un message sibyllin.

– Allô ! Chérie, je suis là !

Je ne donne pas de nom. Je lui rappelle simplement mon numéro de portable avant de raccrocher le combiné.

À 12 h 30, Lorna me récupère. Le temps des embrassades et de la première émotion passée, il est l'heure de déjeuner. À 13 heures, nous sommes attablées à une brasserie de l'avenue George-V. J'ai tout à coup envie d'un steak-frites géant. La joie d'être là, avec mon amie, à quelques heures de voir Alfred me donne la fringale.

Nous avons parlé, parlé, parlé à n'en plus finir. Six années de vie et d'aventures à lui résumer, les enfants, Grace et Rener, Oddeth et Ronnie, les naissances, l'opération de Rafael junior, la cavale, l'arrestation... Quand nous nous attablons à 20 heures au restaurant alsacien des Champs-Élysées, je n'ai toujours pas fini de répondre aux questions de mon amie. Parler me donne soif et faim. J'ai des envies de femme enceinte. Je veux des huîtres. Cette journée, à n'en pas douter, est l'antichambre du bonheur.

Tard le soir, Lorna me raccompagne à mon hôtel avant de rentrer chez elle. Nous sommes ivres de mots, de rire et d'amitié. Que c'est bon d'être à Paris !

Le lendemain, j'ai rendez-vous avec l'avocat d'Alfred pour organiser la visite à la Santé. Finalement Hélène, l'une des filles de mon compagnon, renonce à son propre parloir pour me laisser seule avec son père.

*
**

Le vendredi 17 octobre je me lève tôt, après une nuit agitée où j'ai très mal dormi. L'excitation et l'anxiété m'ont empêchée de bien me reposer. Je n'en ai cure. Je voudrais qu'il soit déjà 13 heures, prendre tranquillement le chemin du boulevard Arago, longer le haut mur de la maison d'arrêt sur toute sa longueur avant de tourner à droite dans la rue de la Santé jusqu'au poste de garde et à l'entrée des visiteurs.

La matinée n'en finit pas. J'ai déjà l'estomac serré, les mains moites et les jambes tremblantes. Qu'est-ce que ce sera, tout à l'heure ! En attendant, pas question d'avaler quoi que ce soit. Déjeuner pourrait pourtant me distraire un moment, mais c'est impossible.

Pour ces retrouvailles, j'ai mis un pantalon noir et une veste bleue qu'Alfred aime particulièrement. Pour la centième fois je vérifie la présence de mon passeport dans ma poche. À 12 h 50, n'y tenant plus, j'attrape mon manteau, je saisis un journal pour me donner une contenance et, une fois dans la rue, je m'efforce de marcher posément. Je n'ai pas pris de sac à main, à dessein. À la fouille, ça ira peut-être plus vite sans. On ne sait jamais. C'est ridicule de raisonner comme cela, je le sais, mais je ne peux pas m'en empêcher. Chaque seconde compte pour moi. J'ai l'impression que ma vie en dépend.

Je pénètre dans le bâtiment sans avoir osé lever le nez vers les fenêtres grillagées. J'ai préféré longer le mur pour ne pas voir les signes de vie à l'intérieur des cellules, côté rue. Un garde me toise des pieds à la tête, un autre me conduit dans la petite pièce où l'on décline son identité. Je tends mon passeport au préposé qui l'examine avec beaucoup d'attention.

– Vous venez voir qui ? finit-il par me demander en levant la tête vers moi.

– Alfred Sirven.

– Vous êtes qui ?

– Vilma Medina.

– Attendez ici.

Au bout d'une dizaine de minutes, il me confirme que tout est en règle. On me conduit dans la pièce à côté où je dois me soumettre à divers contrôles, comme dans un aéroport ; franchir un portique métallique après avoir déposé mon manteau et mon journal sur le tapis mécanique de l'appareil de détection. Chaque pièce est séparée de la suivante par une porte fermée à clé à laquelle il faut sonner pour se faire ouvrir, et dans chaque pièce se tient un garde.

Je vais ainsi franchir plusieurs portes et monter trois marches avant de pénétrer dans une grande salle circulaire où d'autres gardes veillent devant des écrans de contrôle. De cette pièce principale on me conduit au parloir, un petit local rectangulaire avec trois chaises, selon que le prisonnier reçoit un ou deux visiteurs – pas plus de deux. Le parloir voisin est équipé d'une vitre blindée qui coupe la pièce en deux, et chacun parle devant un Hygiaphone. Nous, nous aurons la chance de nous retrouver sans cette séparation.

Je suis assise, seule, attendant qu'un garde conduise Alfred Sirven près de moi après l'avoir soumis à la fouille. Soudain, je reconnais son pas. Mon cœur bat la chamade. Je ne suis plus rien qu'un bloc d'amour et d'émotion. Je me lève...

Et enfin je le vois.

Comme toujours il est très élégant, avec un veston bleu, un pantalon de même couleur au pli impeccable, une chemise bleu clair sans cravate et des chaussures aussi propres que si je les avais nettoyées moi-même. « Il est vrai que je n'ai guère l'occasion de les salir », me confiera-t-il plus tard avec un petit sourire d'excuse.

Je crois que nous avons fait ensemble la moitié du chemin l'un vers l'autre. Il m'a pris dans son regard et ne m'a plus quittée. Une force irrépressible nous a poussés en avant. Nous sommes tombés dans les bras l'un de l'autre et nous nous sommes embrassés comme si c'était la première fois. Je pleurais de bonheur, il me couvrait de petits baisers tendres et me serrait si fort que j'ai été obligée de lui demander de relâcher son étreinte : je ne parvenais plus à respirer. Cela faisait neuf cent quatre-vingt-huit jours que nous étions séparés.

Son avocat m'avait demandé de ne pas lui poser de questions sur l'évolution de l'affaire ni sur sa détention. Je n'en avais nulle envie. Lui voulait tout savoir de moi, de ma famille. Je lui ai parlé des enfants, de tout ce que nous avions vécu et je lui ai raconté comment Mimy, la petite chatte fidèle, avait manifesté à sa manière son attachement à son maître.

Nous avons fini par nous asseoir. Durant les quarante-cinq minutes autorisées de la visite, il a gardé mes mains dans les siennes, écrasant mes doigts. Nous avions soif l'un de l'autre, et ce contact établissait une sorte d'osmose entre nous. Chacun prenait ce qui venait de l'autre et s'en nourrissait. Je commençais à guérir des blessures de l'absence...

Les minutes ont passé à la vitesse de l'éclair. Quand ce fut le moment du départ, le garde se vit contraint de nous rappeler à l'ordre à plusieurs reprises et dit à Alfred qu'il serait obligé de le faire reconduire à sa cellule s'il continuait à ne pas obtempérer.

– Quand reviens-tu ? me demanda Alfred, inquiet.

– Demain, avec Hélène.

– Alors à demain, me glissa l'homme de ma vie avant de s'éloigner, appuyant son dernier signe de la main d'un clin d'œil complice.

Je le vis disparaître comme s'efface une image. Je me retrouvai bientôt dans la rue sans savoir très bien comment. Je pensais déjà au lendemain tout en me remémorant chaque instant de nos retrouvailles.

Les visites étaient prévues pour moi les jeudis, vendredis et samedis. Cette semaine je ne le verrais donc que deux fois.

Dès lors, je construisis ma vie parisienne autour de ces visites. Elles étaient ma nourriture et l'ancrage de mes semaines. Lorna rassemblait souvent à dîner nos amis philippins les plus proches. On parlait, on discutait, on racontait. On ne voyait pas le temps passer. Le dimanche, pour que je n'aie pas le blues, Lorna m'emmenait assister aux matchs de basket qu'elle organisait au stade de la porte de Clichy pour la communauté philippine de la capitale. Dopée par mes visites, gonflée à bloc, je criais et je m'enthousiasmais. Le reste du temps, j'étais comme les écoliers : j'attendais avec impatience les trois plus beaux jours de la semaine. On avait fini par m'appeler affectueusement « JVS », jeudi, vendredi et samedi, en référence à l'hebdomadaire *VSD*, vendredi, samedi, dimanche.

Pendant toute cette période, Hélène se montra d'une très grande délicatesse avec moi. Elle m'accompagna une fois et me céda même son tour le premier et le dernier jour – alors qu'elle avait besoin de rencontrer Alfred –, afin de nous laisser en tête à tête le plus longtemps possible.

Le règlement des prisons est ainsi fait : mis à part son avocat que le détenu peut voir chaque fois que cela s'impose, sans témoin, et sans que cela compte pour une visite, le reste du temps le prisonnier a le droit de recevoir seulement deux membres de sa famille d'une façon concomitante, ou bien une seule personne étrangère. Grâce à Hélène, jusqu'à la fin du mois, j'eus la possibilité d'être seule avec Alfred Sirven – à une exception près –, et elle fit en sorte que le temps de mon séjour à Paris personne d'autre n'ait à voir son père. Claude aussi, d'ailleurs, m'a cédé des parloirs...

Pendant ces trois semaines, j'ai donc rencontré mon compagnon huit fois. Après ma dernière visite, le 1er novembre, Hélène m'invita à déjeuner avec ses enfants. Cette attention me fit du bien et me réconforta. J'espère lui avoir témoigné clairement, à cette occasion, ma gratitude pour toute la délicatesse dont elle avait fait preuve à mon égard, ainsi que pour l'aide précieuse qu'elle m'avait apportée.

Je n'avais pas réussi à retenir mes larmes en quittant le parloir, ce jour-là. Rien ne m'empêchait de rester à Paris plus longtemps, mais le délibéré allait être rendu en novembre et Alfred ne voulait pas que je sois là. Il ne souhaitait pas que je devienne la proie des journalistes. Il me demanda donc de quitter le pays les tout premiers jours du mois. Je comprenais ses raisons et j'y souscrivais, quoi qu'il m'en coûtât.

Les visites à la Santé duraient quarante-cinq minutes mais, une fois par semaine, les détenus avaient droit à un « double parloir ». Une heure et demie de tête-à-tête. Un vrai bonheur ! Et voilà qu'il m'était retiré...

*
**

Après cette nouvelle séparation, je ne me sentais pas le courage de reprendre l'avion directement pour Manille. J'avais besoin d'une parenthèse, de me retrouver dans une sorte de sas de décompression.

Puisque je ne pouvais pas rester à Paris, ni même en France, je décidai d'aller passer quatre jours chez une amie philippine rencontrée à Vienne lors de notre première escapade avec Alfred. Soudain j'avais envie de remettre mes pas dans nos pas, histoire de prolonger encore les instants si forts que je venais de partager avec l'homme que j'aimais dans un parloir anonyme.

– J'espère que nous aurons encore beaucoup de jours devant nous, m'avait-il dit la dernière fois en me quittant.

Je l'espérais aussi. De toute mon âme, de toute ma raison, et de tout mon corps.

Je suis arrivée à Vienne le 4 novembre. Avec ma copine, nous nous sommes concocté un curieux programme pour fêter nos retrouvailles. En premier lieu la visite d'un camp de concentration où Hitler envoyait les déportés, puis une longue promenade comme celle que j'avais faite avec Alfred quelques années plus tôt, et un film philippin pour clore la soirée.

Il faisait une température sibérienne et ce qui devait arriver arriva. Je pris un sérieux coup de froid, et je passai les trois jours suivants au fond de mon lit. Il n'y avait là rien de bien étonnant après ce que je venais de vivre – je ne parle pas du froid, bien entendu. J'aurais fait sourire un psychologue débutant : j'avais tout simplement l'affectif en lambeaux !

Pendant ces trois jours, en proie à une fièvre tenace, je ne vis de la capitale autrichienne que les murs plus ou moins mouvants de ma chambre, selon les montées de ma température. Le quatrième jour, redevenue normale mais complètement hébétée, je pris l'avion d'Air France pour Manille, via Paris où nous devions changer d'appareil.

Le vol devait être une formalité, assez longue, certes, mais plutôt agréable. Il se transforma en safari. Ou presque. L'avion avait pris du retard, si bien que nous avons manqué la correspondance. L'escale à Roissy se mua en un *sitting* impromptu d'une douzaine d'heures dont j'aurais bien fait l'économie. Ensuite de quoi le vol de la Singapor Airlines où l'on nous embarqua faute de mieux allait à

Manille via Bangkok, où il y eut encore un changement d'appareil. Finalement j'arrivai dans mon pays, complètement déphasée, une trentaine d'heures plus tard que prévu. Mes bagages, eux, allaient mettre trois jours de plus pour terminer le voyage, et il en manquerait une partie à l'arrivée.

Heureusement, mes enfants étaient là pour m'accueillir à l'aéroport. Nous nous retrouvâmes, au bout de trois semaines, comme si nous avions été séparés depuis de longs mois. Cette fois, je fus heureuse de revoir Manille, mais déjà je recommençais à rêver de Paris, de mes retrouvailles avec Alfred, d'une issue favorable du procès, d'une vie à poursuivre à deux...

*
**

Je comptais laisser passer le temps du procès et revenir à Paris pour l'anniversaire d'Alfred. La dernière fois que nous avions eu le cœur de le fêter, nous avions la mer pour horizon. C'était à Butuan, dans notre cabane, avec Grace, Rener, Roberto et Désirée. Il était temps de renouer avec la tradition, et de redonner à l'existence ses droits.

Pour mettre mon projet à exécution, je devais redemander un visa à l'ambassade. Là, les choses se compliquaient. Les conditions de délivrance de ce sésame étaient devenues encore plus draconiennes, et les démarches beaucoup plus longues. Il me fallait non seulement les papiers habituels, une lettre de l'avocat et l'adresse de l'hôtel où je devais descendre, mais prendre mon courage à deux mains pour affronter une administration devenue tatillonne voire courtelinesque.

On ne se présentait plus à l'ambassade pour déposer ses documents. On devait d'abord téléphoner pour avoir un rendez-vous, sinon personne n'acceptait votre dossier. Et il s'écoulait une semaine entre le coup de téléphone et la convocation. Ensuite il fallait patienter quinze jours avant d'avoir une réponse. Au bout de ce délai, si tout allait bien, on vous donnait une date pour apporter le passeport. En tout, les formalités prenaient presque un mois.

Finalement, j'obtins mon visa le 15 février 2004. Un peu tard pour l'anniversaire du 6 janvier ! Était-ce ma tête qui ne lui revenait pas, ou étais-je supposée sentir le soufre pour avoir côtoyé celui qu'on appelait le numéro deux de l'affaire Elf ? Toujours est-il que la personne qui délivrait les visas me toisa sans aucune aménité. Il était clair que si cela avait tenu à elle, je n'aurais jamais obtenu ce papier. Le seul effort qu'elle ait fait fut de ne pas me le dire ouvertement.

Heureusement pour moi, il y avait des choses plus radieuses dans ma vie. Tout d'abord un message d'Alfred, que me rapporta son avocat. Il tenait en quelques mots et me transportait de joie : « Vilma Medina, acceptez-vous de devenir ma femme ? »

Je me suis ruée sur le téléphone pour répondre tout aussi brièvement :

– Oui ! Oui ! Oui ! Oui ! Quatre fois oui, mille fois oui !

L'homme de ma providence se doutait un peu de ma réponse, car il avait déjà demandé le papier attestant mon statut de célibataire. Le divorce n'existant pas aux Philippines, comme je l'ai déjà dit, on ne peut être que marié(e), célibataire, veuf ou veuve. L'annulation de mon mariage avait refait de moi une jeune fille !

La joie au cœur comme jamais, j'ai pris l'avion pour Paris le 21 février 2004. Il s'est posé à 17 heures à Roissy. Le temps de passer à mon hôtel et je déambulais sur les Champs-Élysées.

Le 26 février, la porte du parloir se refermait sur Alfred et moi pour un long tête-à-tête. C'était comme si nous ne nous étions jamais quittés. Comme lors de mes précédentes visites, je ne lui posai aucune question, ni sur sa détention, ni sur la phase du procès qui venait de se terminer. Mais cette fois-ci, j'avais lu la presse.

Mon compagnon avait été reconnu coupable en novembre 2003 de recels d'abus de biens sociaux à hauteur de cent soixante-huit millions d'euros, il avait été condamné à cinq ans de prison et à un million d'euros d'amende. Et dans le volet « Dumas » de l'affaire Elf, il avait pris trois ans ferme. Malgré les pronostics de l'avocat, j'espérais une sanction moins sévère. Mais je projetais de m'organiser pour ne plus jamais laisser mon prisonnier dans la solitude de l'absence. Pour sceller cet engagement, nous avons d'ailleurs décidé de nous marier en prison avant l'été.

Le sort, pour une fois favorable, allait en décider autrement.

J'avais appris que, le 7 janvier 2004, André Tarallo, soixante-seize ans, ex-directeur des hydrocarbures de la société Elf, condamné à quatre ans de prison, avait été libéré par la cour d'appel pour raison de santé, deux mois après son incarcération.

Le 8 avril 2004, c'était au tour de Loïk Le Floch-Prigent, soixante ans, ex-PDG d'Elf Aquitaine, condamné à cinq ans de prison, de sortir pour motif médical.

Je reprenais espoir : les avocats d'Alfred Sirven demandaient eux aussi, je le savais, sa libération conditionnelle. Et, de fait, à la cinquième demande de ses défenseurs, Alfred fut remis en liberté à son tour le 13 mai 2004, après avoir été détenu pendant trois ans et trois mois. La cour d'appel de Paris avait conditionné sa libération au paiement d'une caution de 150 000 euros – 110 000 euros le jour de sa libération, le reste sur quatre mois – et considérait qu'Alfred Sirven offrait « toutes les garanties de représentation » avant la tenue du procès en appel de l'affaire Elf, en octobre 2004.

Jusqu'à ce 13 mai où le bonheur effaçait le choc du 2 février 2001, nous avions envisagé un mariage carcéral. Maintenant nous allions convoler à l'air libre, et refaire des projets.

– Je veux que nous vivions le temps qu'il nous reste à vivre ensemble en toute légalité, dans la paix et la stabilité. Où irons-nous ? Quelque part en Europe, peut-être même en France. Nous verrons, m'avait souvent dit mon cher prisonnier.

*
**

Le 26 juin 2004, à Deauville, dans le Calvados, l'adresse où il est assigné à résidence, là surtout où tout a commencé pour nous, pour le meilleur et pour le pire, je suis devenue Mme Sirven. Je me plais à croire que le pire est derrière nous. Mais je ne regrette rien de ce que j'ai vécu, pas un instant, pas une seconde. Nous n'avons pas choisi ce qui nous est arrivé, une sorte d'amour calme, évident, d'une force insoupçonnable qui nous a permis de surmonter l'angoisse d'une fugue au long cours.

Et je suis tout de même heureuse qu'à défaut des plus belles années, il nous reste encore à vivre le meilleur de nous-mêmes.

Table des matières

Direction littéraire
Huguette Maure

assistée de
Maggy Noël

Crédits photographiques

- Collection privée de l'auteur : pp. 2, 3 (haut et bas), 5, 6, 7 (centre).
- Sphinx : pp. 4, 7 (haut).
- Sipa Press :
  Document *L'Express* : p. 1 (portrait).
  Nito : p. 2 (centre).
- Gamma :
  Alain Buu : p. 1 (fond).
  B890 : p. 7 (bas).
- D. R. : p. 8.

Composition P.C.A.
44400 – Rezé

Impression réalisée sur CAMERON par

BRODARD & TAUPIN
GROUPE CPI

La Flèche

pour le compte des Éditions Michel Lafon
en août 2004

Imprimé en France
Dépôt légal : août 2004
N° d'impression : 25483
ISBN : 2-7499-0139-1
LAF 592